dele
ディーリー

本多孝好

角川文庫
20923

目次

ファースト・ハグ

First Hug

モグラが目覚めた音で、真柴祐太郎は我に返った。

照りつける太陽。夏の庭先。ホースが放つ水。淡い虹。帽子をかぶった少女。振り返り、ふわりと笑う。肩越しに、揺れるひまわり。

脳裏で戯れていた記憶を振り払うため、祐太郎は寝転んでいたソファから勢いよく立ち上がった。

「お仕事？」

デスクにいる坂上圭司に問いかけたが、返事はなかった。都心の午後三時。が、ビルの地下にある事務所に喧騒は入ってこない。圭司はモグラを引き寄せ、キーボードを叩いている。かちゃかちゃかちゃというその音だけが室内に響いていた。

祐太郎はデスクへ歩み寄った。

祐太郎が寝転んでいたソファ。圭司が向かっているデスク。木製の背の高い書棚が壁に並んでいるが、本はほとんど入っていない。家具らしい家具はそれくらいで、事務所はがらんとしている。当初は圭司が通りやすいように床面を空けているのかとも考えた。が、単純にものを必要としない事務所なのだとじきにわかった。この事務所で最も重要な役割を担うのは、今、圭司が操っている銀色の薄いノートパソコンだ。圭司はそれをモグラと呼ぶ。モグラはいつも圭司のデスクの片隅で眠っている。目覚めるのはおおよそにおいて、誰かが死んだときだ。そして、誰かが死ぬと、この事務所の仕事が始まる。

「なあ、お仕事だろ？　どんなの？」

デスクの前に立ち、重ねて聞いたが、やはり圭司からの返事はなかった。かちゃかちゃという音だけが返ってくる。

デスクには、片隅にあるモグラの他に三台のモニターが並ぶ。正面にある一台をハの字に置いた二台が左右から挟んでいる。祐太郎の目にそれは、特殊な乗り物のコクピットのように見える。

祐太郎がこの殺風景な事務所に初めて足を踏み入れたのは、三ヶ月ほど前のことだ。自分より六つ、七つ年上に見える雇い主の無愛想にも、だいぶ慣れてきた。

「死後、誰にも見られたくないデータを、その人に代わってデジタルデバイスから削除する。それがうちの仕事だ」

雇われた最初の日、『dele.LIFE（ディーリー・ドット・ライフ）』の所長であり、唯一の所員でもあった圭司はそう説明した。

「んー、デジタルデバイスって？」

「主にスマホ、パソコン、タブレット」

「その中の誰にも見られたくないデータっていうと……あ、エロいの？　エロいやつ？　そうでしょ？」

はしゃいだ祐太郎を圭司は座ったままの姿勢で冷たく見上げた。

「そうだな。エロいやつとか、エグいやつとか、グロいやつとか、そうでもないやつとか、いろいろだ」

『あなたの死後、不要となるデータを削除いたします』

トップページにそう書かれたサイトは、祐太郎も事務所を訪ねる前にチェックしていた。『遺されたご家族に無用な心配をかけないよう……』、『管理者がいなくなったデータの流出リスクに備えて……』などという言葉が添えられている。多少の胡散臭さは感じるが、いずれにせよデジタルデータの話だ。コンピューターなどろくにいじれもしない自分には、てんで縁がない仕事に思えた。そんな会社のカードをなぜ自分が持っていたのか、祐太郎は覚えていなかった。が、『次の仕事に困ったときのための箱』にカードは入っていた。箱にはこれまでに知り合った様々な人から、「金に困ったときには」とか、「手が空いたときには」とか、「気が向いたら」とか言い添えられて、「連絡しろ」と手渡されたカードが大量に入っていた。大方は名刺か簡単なメモ書きで、白よりは黒に近いグレーの世界につながっている。架空口座から金を引き出した受け子たちを回ってその金を集めてくる『集金代行』やら、善意の第三者を装ったリサイクル業者に盗品を運ぶ『事業品運送』やらだ。『フリーランスのガキの使い』を自称して、その時々に仕事をしてきた祐太郎が、次の仕事を選ぶときの最優先事項。それは、捕まらないこと、だった。できれば違法でないもの。あるいは違法であっても摘発されにくいもの。もしくは摘発されても逃げやすいもの。それに照らして考えたとき、きちんと作られたカードとサイトを持っている会社は魅力的だった。短期でたたむつもりの会社ならここまではしない。

「これ、どう思う？」

飼い猫を膝（ひざ）に乗せて、次の仕事を物色していた祐太郎は、そのカードを猫の鼻先に差し出した。クンクンと匂いをかいだ猫は、やがて祐太郎を見上げてミュアーと鳴いた。

「オッケー。タマさんがそう言うなら」

カードをジーンズのポケットに入れると、祐太郎はその日のうちに殺風景な事務所を訪ね、無愛想な男に雇われることになった。

その無愛想な男はまだモグラを操作している。

「年寄りなら、まだいいけど」と、先週こなした前回の仕事を思い出して、祐太郎は呟（つぶや）いた。「若いのは嫌だな」

やはり圭司から返事はなかった。祐太郎は前回の仕事を思い出した。

依頼人は、小宮山貴史（こみやまたかし）という二十四歳の男性。彼は自分のノートパソコンが五日間、操作されなかったとき、モグラに信号がくるよう設定していた。

モグラに信号がきた時点で、そのデバイスはモグラからのリモート操作が可能になる。依頼人の死亡が確認できたら、圭司はモグラを使ってリモート操作で依頼人のデバイスにあるデータを削除する。死亡の確認は適当な関係性を装って電話をかければ済むことが多いのだが、小宮山貴史が契約時に登録していた携帯番号には一切の応答がなく、それだけでは彼が本当に死亡したのか、それとも何らかの事情で五日間、ノートパソコンを操作できなかっただけなのか、判断がつかなかった。圭司はモグラを使って小宮山貴史のノートパソコンに入り込み、彼の住所を割り出し、さらに彼がオンラインで知り合った何人かとSNSで交流していたことを探り出した。圭司に命じられ、祐太郎はそのうちの一人を装って、小宮山貴史の家を訪ねた。迎えてくれたのは義理の姉だった。そこで祐太郎は小宮山貴史の人生のあらましを知った。

幼いころから難病を患っていた小宮山貴史は、前向きな両親と闊達（かったつ）な六つ年上の兄に支えられ、不自由な生活の中にもユーモアを失わない陽気な青年に育っていった。やがて兄は結婚し、兄の妻となった女性は、家族と同様の愛情をもって、すでに体の自由をほとんど奪われていた小宮山貴史の介護にあたった。が、家族の介護の甲斐もなく、四日前に彼は亡くなっていた。葬儀は昨日だったという。

「この狭い部屋と私たち家族だけが貴史さんの世界のすべて。そう思っていました。でも、そうですか、ネットでお友達を作っていたんですね」

小宮山貴史が暮らしていた部屋に案内してくれた義理の姉は、そう言って瞳を潤ませた。柔らかな人柄と穏やかな気品を感じさせる女性だった。身分を偽っていることが心苦しくていたたまれなくなり、祐太郎は彼女に不器用なお悔やみを述べて、早々にその家を出た。

「じゃ、死亡確認は取れたんだな？」

デスクの前で祐太郎が報告すると、圭司が念を押した。

「間違いないよ。線香もあげてきた」と祐太郎は頷いた。

圭司がモグラに手を伸ばす。咄嗟に祐太郎はその腕を押さえた。

「待った。データ、消すの？」

「もちろんだ。依頼はこのフォルダの削除だからな」

圭司の腕を押さえたまま、祐太郎はデスクを回り、モグラの画面を覗き込んだ。圭司が削除しようとしているのは、どうやら『Ｄｅａｒ』とタイトルのつけられたフォルダらしかった。中身は想像がつかない。

「消したら、もう戻らない？」

「戻らない。原理的にできないことはないが、今の人類のデジタル技術では、ほぼ不可能だ」

「じゃ、このフォルダの中身、見てみない？　どうせ消すなら、消す前に、見せてくれない？」

「ダメだ。俺も見ないし、お前にも見せない」

圭司が自分の腕を少し上げた。祐太郎はその腕からいったん手を離し、またすぐにつかんだ。

「いや、ちょっと待って。それさ、何か大事なもののような気がするんだ。貴史は小さいころに病気になって、あんまり体も動かせなくてさ、最近ではほとんど寝たきりの生活だった。でも、周りにも気遣いができて、いつも冗談ばっかり言っている、優しくて、面白いやつだったんだ。これは、そんな貴史が残したデータなんだ。きっとエロ動画とかそんなんじゃなくて、もっと大事なものじゃないかって思うんだ。中を確認して、大丈夫だと思ったら、貴史の家族に渡さないか？　義理のお姉さんも、きっと喜ぶと思う」

しばらく考えた圭司が、鼻を鳴らして、また腕を上げた。祐太郎は手を離した。フォルダの中を確認してくれるのかと思ったのだが、圭司はためらいなくそのフォルダを削除した。

「ああ」と祐太郎は声を上げた。

「これがうちの仕事だ。依頼人は金を払い、うちはそれを受けた」

小宮山貴史はそれを消すことを望んだ。わかっていても、割り切れなかった。データが消えたその瞬間、小宮山貴史までも世界からふっと消えてしまったように思えた。祐太郎がそう言うと、圭司は不思議そうに祐太郎を見返した。

「消えるも何も、依頼人はもう死んでる」

そういうことではなかった。うまく言葉にできないもどかしさに祐太郎が焦れていると、圭司は子供に言い聞かせるようにゆっくりと言った。

「データが何だったかはわからない。けれど、自分の死後、このデータは削除される。そう信じていたからこそ、依頼人は最期までデータを残していられた。俺は依頼人のその信頼に応えなきゃならない」

そう言われれば、反論のしようもなかった。が、そのとき感じた割り切れなさは、今もうまく消化されないまま、祐太郎の腹の中に沈んでいた。

「あいにくだが、若いな」

それまでずっと黙ってモグラを操作していた圭司がようやく顔を上げ、画面を祐太郎のほうに向けた。サイトの依頼画面だった。

「名前は新村拓海。二十八歳」

　仕事の多くは『dele.LIFE』のサイトを通じて、直接、依頼される。新村拓海も先月、サイトから依頼をしていた。画面には氏名と生年月日、連絡先のメールアドレスや携帯番号などが記されている。決済手段がクレジットだけなので、氏名を偽ることは難しい。

「パソコンとスマホが、どちらも四十八時間以上、操作されなかったとき、両方から、あるフォルダを消すように指定している」

　クレジット決済がなされ、契約が成立すると、依頼人はサイトから圭司が作ったアプリを該当するパソコンやスマホなどにダウンロードして、起動させる。アプリはそれらのデバイスに常駐し、『dele.LIFE』のサーバーと交信する。依頼人が設定した時間を超えてそのデバイスが操作されなかったとき、サーバーが反応し、モグラが目を覚ます。

「パソコンのデータは削除できるんだが、スマホのほうは電源が入らなくて、削除できない。おそらく充電が切れたんだろう」

「ん？　電源が入らないと、削除できないの？　このパソコン使って、いつもみたいにぽちぽちっとやってって、できないの？」

雇われてしばらくは、祐太郎もなるべく敬語を使うよう気をつけていた。が、すぐに地が出た。咎められるかと思ったが、圭司は咎めなかった。今も圭司に祐太郎の言葉遣いを気にする様子はなかった。

「できない。電源が入らないデジタルデバイスはただのモノだ」

変わった言い分だった。では電源が入るデジタルデバイスは何なのか。聞いてみたかったが、やめておいた。ついていけない話題になりそうだった。

「オフをオンにすることはできるが、充電が切れていてはどうしようもない」

「どうしようもないって、じゃあ、どうすんの？」と祐太郎は聞いた。

「見つけて、充電して、電源を入れる」

「見つけてって……ああ、俺が？」

他に誰が、と聞き返すような目で、圭司が祐太郎を見上げた。

「ですよねえ」と祐太郎は笑い、聞いた。「あ、でも、この人、本当に死んでんの？」

モグラが目を覚ます。その後に、まず圭司がするのは、依頼人の死亡確認だ。何らかのアクシデントにより、自身が設定した時間より長く依頼人がそのデバイスを操作できなくなる、という事態は起こり得る。依頼人は本当に死んだのか。圭司が真っ先に確認するのはそれだった。

「一応、死んだことになってはいる」

手を伸ばして、タッチパッドを操作する。ブラウザが立ち上がり、ニュース記事が表れた。それによれば、昨日の未明、荒川区の河川敷で毛布にくるまれた男性の遺体が発見されたという。遺体の身元は板橋区の無職、新村拓海さん、二十八歳と判明。体に二ヶ所の刺し傷があり、警察が死体遺棄事件として捜査を開始。

短い記事を読んで、祐太郎は圭司に視線を戻した。

「これが依頼人？　じゃ、スマホは警察が保管しているのかな？」

「警察はスマホを押収してない。遺体周辺にはなかったんだろう」

「どうしてわかる？」

「遺留品として残っていれば、捜査のために中のデータを見てみるだろう。遺体発見が昨日の未明。そこから四十八時間はまだ経っていない。遺体発見以降にスマホが操作されていれば、今、モグラに信号はこない」

「ああ。なるほど」

「このタイミングで同姓同名ってこともないだろうが、念のために、これが本当に依頼人なのか、確認してくれ。確認できたら、スマホを見つけて、電源を入れろ。一瞬でも電源が入れば、ここから削除する」

「え？　削除すんの？　だって、これ、ほら、警察が捜査って。協力しなくていいのか？　これ、たぶん殺人事件だろ？」

「うちは何よりもまず依頼人のリクエストを優先する」

「まずいんじゃないの？　それ、証拠隠滅とか、何かそういう犯罪っぽくない？　俺、警察に捕まるわけにはいかないんだけど」

「どうして？」

「どうしてって……うち、猫がいるんだ。俺が帰らないと、タマさん、飢え死にしちゃう」

「タマさん？」

「タマサブロウさん。最近、足と目がちょっと弱ってる」

言葉の意味を見定めるように祐太郎をじっと見ていた圭司は、やがて諦めたようにため息をついた。

「俺たちが警察のために動いても、依頼人は文句を言えない。だから、俺たちは依頼人のために動く。それについて警察が文句を言うなら、謹んで聞いてやればいい」

「文句を言われるだけ？　逮捕は？」

「大丈夫だ。そこそこの弁護士をつける」

圭司は言って、天井を指さした。このビルの上階には弁護士事務所が入っている。『ｄｅｌｅ．ＬＩＦＥ』とその弁護士事務所は業務提携をしていて、両社のサイトにもそれが明記されている。そのことが『ｄｅｌｅ．ＬＩＦＥ』の信用保証にもなっている。その弁護士事務所、『坂上法律事務所』の所長は、圭司の姉、坂上舞だ。

「ああ、弁護士を。そこそこの。そう」

会社は小綺麗なビルの中にあり、弁護士事務所と提携だってしている。が、素性のいい会社が必ずしも素性のいい仕事をしているとは限らない。そもそも、根っからまともな仕事なら、自分なんかが雇ってもらえるはずがないだろう。そう考えて、祐太郎は諦めた。

「で、依頼人の家はどこ？」

「ノートパソコンにネット通販の履歴があった。これだな」

圭司は板橋区で始まる住所をモグラの画面に出した。

「SNSのアカウントもあったから、顔写真をお前のスマホに送る。依頼人のパソコンをもう少し調べて、使えそうな情報があったら、それも追って送るよ。できるだけ早く依頼人のスマホを見つけてくれ」

追い払うように手を振ると、圭司は車椅子の向きを変えて、モグラとは別の三つ並んだモニターに向かった。手慣れたその様子からすれば、車椅子との付き合いは長そうだったが、正確にどれくらいなのか、何が原因なのか、祐太郎は知らなかった。ただ、それが自分が雇われた理由であることはわかっていた。

『お前には俺がやらない仕事をしてもらう』

最初の日、圭司は祐太郎にそう言った。それは何だと尋ねた祐太郎に圭司は答えた。

『足を動かすんだよ』

デスクの前にいる祐太郎を、圭司が怪訝(けげん)そうに見やった。

「何だ？」

「あ、行きます。はい。行ってきます」

祐太郎は足を動かして、事務所を出た。


新村拓海が住んでいたのは地下鉄の駅から十五分ほど歩いた住宅街にあるアパートだった。事件の被害者宅ということで、記者やら警察やらがいるかもしれないと思ったが、そんな様子はなかった。著名人や子供ならばともかく、二十代の無職の男が河原で刺殺死体になって毛布にくるまっていたくらいでは、世間は気にしてくれないらしい。

アパートの前でスマホを確認すると、圭司から新村拓海に関する追加の情報が届いていた。最近のメールの送信履歴から、新村拓海がいくつかの会社の採用試験を受けようとしていたことがわかった。そのうちの一社にはメールで簡単な履歴を送っていた。それによれば出身は茨城。地元の高校を卒業し、中古車販売店に勤務していたが、二十一のときに上京。上京後はいくつかの飲食店を転々として、最後の店は二年前に辞めている。まだ飲食店にいた四年前にSNSを始めていたが、直後に二度更新されただけでアカウントは放置されていて、そこから現在の様子を知るのは難しいとのことだった。

祐太郎は改めて写真を眺めてみた。SNSに残っていた、二十四歳の新村拓海だ。茶色い短髪。耳に銀色の大きなピアス。右の手首にあるタトゥーを見せつけるようなポーズをとっている。

写真と履歴からするなら、一所（ひとところ）に落ち着くことさえできなかった、だらしないチンピラということになるのだろう。が、祐太郎はそうは思わなかった。

二年も前に職歴が止まっている履歴を会社に送っている。必死だったのか、無邪気だったのか。どちらにしろ、新村拓海はきちんと働こうとしていた。上京してきて、もう七年。うまく根を張れずに、あがいていたのだろう。これから、いい人やいい仕事に出会い、人並みの人生を送れた可能性もあったはずだ。が、そうなる前に刺し殺された。職歴のないこの二年、新村拓海が何をしていたのかはわからない。けれど、どこにいたのかは祐太郎には想像できた。運のいい人、悪い人。白い社会では目立たない両者の区別は、グレーが濃くなるにつれてはっきりするようになる。新村拓海はそういう社会にいた。そして新村拓海は運の悪い人だったのだ。

スマホをしまい、祐太郎はアパートの一階にある新村拓海の部屋を訪ねた。どうせ無人だろうと、鍵穴の形状を確認しながら呼び鈴を鳴らすと、意外にも中から応答があった。ドアを開けたのは、祐太郎と同い年くらいの女だった。

「あっと、ここ、新村拓海さんの部屋ですか？」

「そうだけど」

そこで言葉を切り、細く開けたドアの隙間から、彼女はしばらく祐太郎を観察した。寝起きのような顔をしていた。

「何？　記者か何か？」

一瞬、それに乗ろうかと思ったが、さすがにこんな記者は新聞社にも雑誌社にもいないだろうと思い直した。Ｔシャツにジーンズにスニーカー。羽織っているのは着古したパーカーだ。

「あ、俺、拓海さんの後輩っす。真柴祐太郎っていうんですけど、拓海さんから聞いたことないっすか？」

先輩では警戒される。友人と名乗るのでは押しつけがましいし、嘘っぽい。祐太郎としては、一番、無難な関係を装ったつもりだったが、彼女はアイブロウを施していない薄い眉をひそめた。

「後輩って、いつの後輩？　仕事の？」

「仕事？　いや、中学のときの後輩っす。茨城のときの。最近、こっちで偶然会って、連絡先、交換させてもらいました」

眉間(みけん)のしわが消えた。

「ちょっと待って」

一度、ドアを閉めた彼女は、すぐにサンダルを履いて、ドアから出てきた。ドアを閉めて、その前に立つ。ゆるめのニットを大きな胸が押し上げていた。谷間に行きそうになった視線を堪(こら)えて、祐太郎はそれを誤魔化すために、どうも、と頭を下げた。どうも、と返した彼女は、タカギユミと名乗った。新村拓海の恋人で、一緒に暮らしていたという。

「拓海さんには、中学のとき、すっごく世話になったんす。俺、生意気で、先輩とかからも目をつけられてて、いつも拓海さんにかばってもらってました」

「タクちゃんが？　へえ」

彼女の顔がほころんだ。笑うと垂れ目が強調されて、愛嬌(あいきょう)のある顔になった。

「あ、拓海さん、普段は、そんな感じじゃないんで、あれっすけど」

二十歳をすぎて上京してくる若者の大方は、地元で芽が出なかった連中だ。中学時代にも、派手な活躍があったとは考えにくい。言いすぎにならないよう祐太郎は言葉を濁して、彼女の反応を見た。

「まあ、そうね。度胸はなかったけど。要領も悪かったし」

案の定、彼女はそう言って、苦笑するような笑みを浮かべた。

「いつも空回りしてるみたいな人だったよね」

度胸もなく、要領も悪く、空回りを続けながら、東京の古いアパートにくすぶっていた男。最近、まともな就職先を探していたのは、一緒に暮らす彼女のためだろうか。

「でも優しい人でした」と祐太郎は言った。

「そうね」と彼女はしんみりした顔で頷いた。「そうだね」

彼女の目に涙がにじんだ。一緒にしんみりしそうになってから、祐太郎はここにきた理由を思い出した。

「拓海さんが殺されたってネットで見て、俺、びっくりして。あれって、本当に……」

「うん。私も驚いた。っていうか、まだよくわかってないんだ。タクちゃんが本当に死んじゃったなんて」

「ああ」と祐太郎はうなだれた。「やっぱり拓海さんだったんすか。俺、確認しようとして、何度も電話したんですけど、つながらなくて。住所は聞いてたんで、直接、きちゃいました。そうかあ。やっぱり拓海さんだったのか。携帯に出ないから、嫌な感じはしたんだよなあ。何度も電話したんだけどなあ」

うまく演技できたとは自分でも思わなかったが、彼女は疑いもせずに乗ってきてくれた。

「ああ、電話。あれ？　そういえば、スマホ、どこかな。警察？」

「家にはないんすか？」

「うちにはないな。警察も渡してくれなかったし。それとも、遺体と一緒に返してくれるとか、そういうことなのかな」

「拓海さん、スマホは確かに持って出たんですか？　仕事に必要だって」

「うん。スマホはいつも持ってたよ。仕事に必要だって」

「あの、仕事って、拓海さん、仕事してたんすか？　俺、聞いてなかったっすけど」

報道では新村拓海は無職となっていた。彼女が何かを答えかけたとき、部屋の中から甲高い声が聞こえてきた。猫の鳴き声かと思ったが、すぐに赤ん坊の泣き声だとわかった。背にしていたドアを彼女が慌てて開ける。閉まる前に手で押さえて、祐太郎は室内を覗き込んだ。ダイニングキッチンの向こうにふすまがあり、彼女はそこに消えた。

「子供さん、いたんですか」

たたきからふすまの向こうに声をかけたが、返事はなかった。赤ん坊の泣き声が一際大きくなる。その元気な甲高い声に祐太郎が頬をゆるめたとき、ドンドンと壁を叩く音がした。彼女が、ごめんなさい、と声を上げ、赤ん坊の泣き声がさらに大きくなった。また壁がドンドンと叩かれた。今度はやまなかった。隣の部屋からの苦情だとわかった。

「俺、行ってきましょうか」

無言の嫌みに腹が立って、祐太郎は言った。

「いいの、やめて」

もうしばらく続いてから、壁を叩く音はやんだ。根気強く赤ん坊をあやす彼女の声が聞こえてきた。やがて赤ん坊の泣き声が収まり、彼女が戻ってきた。赤ん坊は彼女の腕の中で指をしゃぶりながら眠っていた。

「ここ、タクちゃんが一人で住むってことで借りてた部屋なの。早く引っ越そうって、タクちゃんとも話してたんだけど、お金が、ね」

ちゅぱちゅぱと赤ん坊が音を立てて指をしゃぶっていた。

「かわいいっすねえ」

祐太郎はつやつやの頬を指でつついた。赤ん坊は目を開けたが、すぐに目を閉じてまた指をしゃぶる。耐えきれなくなって、祐太郎は言った。

「ちょっと、いいっすか？」

「え？」

「抱っこ。ちょっとだけ」

「あ、うん、いいけど」

彼女から赤ん坊を受け取った。赤ん坊はまた目を開け、少し迷惑そうに祐太郎を見たが、祐太郎が微笑みかけると、仕方なさそうな顔をして、また眠りについた。ぐりぐりと頬ずりしたい衝動をどうにか堪え、その柔らかい体温を十分に楽しんでから、祐太郎は赤ん坊を彼女に返した。

「タクちゃん、この子のこと、話してなかった？」

受け取った赤ん坊を優しく揺すりながら、彼女が言った。

「え？ ああ、いや」

本当に後輩なのか不審を抱かれたかと祐太郎は焦ったのだが、彼女に警戒した様子はなかった。ただ、少し寂しそうな顔をしていた。

「そっか。この子、タクちゃんの子じゃないから。前の男との子供」

「あ、ああ。そうなんすか」

「他の男の子供を産んだ女と暮らしてるなんて、カッコ悪くて、後輩には言えなかったんだね。私たちがここに転がり込んできて、もう半年くらい経つけど、タクちゃん、この子を抱っこしたことなかった。この子が泣いても、あやしてくれなくて、いつも怒って私を呼びにきた」

何とも言い様がなく、そうなんすか、と祐太郎は繰り返した。

「あの、それで、拓海さん、仕事って、何をしてたんです？」

「私もよく知らないの。何かのグループで働いていたみたいで、よく連絡がきてた。電話がかかってきても、私に話を聞かれないようにしていた。たぶん、悪い仕事だったんだと思う。だから、警察に聞かれたときも、知りませんって答えた。一緒に暮らしてて、彼氏の仕事も答えられない女って、どうなんだろうね」

「あの、俺もこんなんですから、ろくでもない仕事しているとき、あります。そういうとき、大事な人には言わないです。心配かけるだけだし」

　彼女が顔を上げ、へにゃっと笑った。

「ありがとう。祐太郎くんは優しいんだね」

「いやあ」

「ここのところ、グループからの連絡はなくなってたし、ちゃんと就職活動も始めてたから、私も安心してたの。だから、殺されたなんて、やっぱり信じられない」

「そうっすか。そうっすよね」

　ダイニングテーブルの隅にノートパソコンがあることは確認していた。依頼があった新村拓海のパソコンだろう。もう一つの依頼品がどこかはわからなかったが、ここにないことだけはわかった。

　念のため、彼女に自分の連絡先を教えて、祐太郎はそのアパートをあとにした。

祐太郎が事務所に入ると、いきなり目の前にバスケットボールが落ちてきた。バウンドしたボールを取って、圭司に投げる。受けた圭司はドアの上の壁に向けて、シュートをするようにボールを放った。ボールは壁に描かれた円に当たり、落ちてくる。車輪につながるハンドリムを回して車椅子を前に進めた圭司は、キャッチしたボールを軽く前に放って、ハンドリムを今度は力強く回した。車椅子が鋭く前に進む。ワンバウンドでボールを取り、素早くターンして、シュートを放つ。ボールはまた壁に描かれた円に当たって落ちてきた。

運動するのは考え事をするときの圭司の習慣だ。事務所にはバスケットボールも、野球のグラブも、テニスラケットも置いてある。素振りだけでなく、壁打ちを始めることもある。サッカーボールもあるが、これをどう使うのか、祐太郎は見たことがない。

圭司の車椅子は祐太郎が見知っている普通の車椅子と少し違う。膝下の高さに棒があり、バンパーのように前部を覆っている。何かにぶつかった際、ガードする役割を果たすのだろうが、そんなものがついている車椅子を祐太郎は見たことがなかった。車椅子全体はシンプルに作られていて、背後から人が押すための持ち手もない。身体機能を補完する道具というより、何かのスポーツのための専用用具のように見える。

その車椅子を軽々と操り、圭司は黙々とシュートを続ける。がっしりした上半身で筋肉がきびきびと働いているのが服の上からでも想像できた。しばらくその様子を眺めてから、祐太郎は圭司が使うデスクに尻を預けて、報告を始めた。

「見つかった死体は間違いなく依頼人の拓海さん。で、問題のスマホは拓海さん本人が持って出ている。警察が持っているんじゃないなら、拓海さんを殺した犯人が取ったんじゃないかな」

またシュートを放った圭司が振り返った。

「拓海さん？」

「俺の先輩。中坊ンときに地元で世話になった」

「そういう設定か」と圭司は鼻で笑い、またボールを手にした。「犯人はどうしてスマホを取ったんだ？」

「中古屋に売るつもりってのは、ないよな。中のデータが見たかったんじゃない？拓海さんが消したかったファイル」

圭司はボールをつきながら、少し考えた。

「殺して、すぐにファイルを見て、それ以降はスマホをいじっていない。あり得なくはないけど、どうかな。手元にあったら、いじりそうなものだけどな。いじっていれば、モグラに信号はこないし。それとも、ファイルを確認してすぐに処分したか」

圭司は呟いて、少し首を傾げた。

「あるいは、本人がどこかに隠したのかもしれないな」

「本人が隠すって？」

「まだ二十八歳の新村拓海が、なぜうちに依頼をしてきたのか。病気を患っていた様子がないなら、身の危険を感じていたんだろう。現に依頼から一ヶ月も経たずに殺されている。新村拓海は、自分が襲われてもデータを盗まれることがないよう、スマホをどこかに隠していた」

ありうるかもな、と呟いて、なおもしばらくボールをついていた圭司は、やがてボールを祐太郎に放り投げた。

「何であれ、死亡確認が取れたのなら、パソコンのデータだけでも消すか」

「消すの？」

「それが依頼だ」

デスクの向こうに回った圭司はモグラを手元に引き寄せた。祐太郎は慌ててバスケットボールを放り出し、圭司が開けようとした画面を右手で押さえた。

「あ、いや、ちょっと待った。うん。今回は、さすがにちょっと待とう」

圭司が不機嫌そうに祐太郎を見た。

「拓海さんは、殺されたんだ。病死のときとはわけが違うだろ？　恋人が、突然、殺されちゃって、一緒に暮らしていた彼女はすごく戸惑ってる。拓海さんが削除しようとしていたデータ、見せてくれないか？　殺された理由がわかるかもしれない」

「殺人事件の捜査は警察に任せておけばいい。うちの仕事はデータの削除だ」

祐太郎の右手を押しやって、圭司がモグラの画面を開けようとした。

「だったら」と祐太郎はまたその画面を押さえた。「その仕事のためにもさ。スマホがどこに行ったのか、その削除データにヒントがあるかもしれない」

「お前、自分がデータを見たいだけだろ？」

「それもないとは言わないけど」

また右手を押しやられて、今度は左手で押さえた。

「いや、でも、だって、他に手がかり、あるか？　このデータを削除して、そこからどうすんの？　スマホ、どうやって捜す？」

圭司が祐太郎を見上げた。祐太郎は意味もなく笑ってみせた。その笑顔を冷ややかに眺めながらしばらく考えた圭司は、やがて軽く頷いた。

「まあ、このままじゃラチがあかないのは確かだな。仕方ないか」

祐太郎が手を離すと、圭司がモグラの画面を開けた。祐太郎はデスクを回って横から画面を覗き込んだ。削除依頼があったデータを目にするのは、それが初めてだった。

フォルダには『新しいフォルダ』というタイトルがついていた。作ったときに、新村拓海はフォルダに改めて名前をつけなかったのだろう。その中身について、祐太郎は想像を巡らせた。所属するグループが犯した殺人の映像。次に計画している犯罪について話し合った録音データ。何かの拍子に知った汚れた金の隠し場所。

祐太郎が見つめる前で、圭司がフォルダを開けた。

「ん？　は？　何、これ？」と祐太郎は思わず声を上げた。

想像したほどのものではなくても、少なくとももう少し刺激的なものを祐太郎は予想していた。何といっても、人が一人、殺されているのだ。

「見たまんまだろうな。住所録」と圭司は言った。

四枚の紙の画像ファイルだった。紙には名前と住所と電話番号が並んでいる。四枚で二、三百人分はありそうだった。住所が都内であるという以外に、つながりは読み取れない。男の名前も女の名前もある。一軒家もあり、集合住宅らしき住居表示もあった。

「何だかわからないけど、こんなもののために拓海さんは殺されたの？」

「そうと決まったわけじゃないが……」

中途半端に途切れた言葉が継がれることはなかった。圭司はハンドリムを回して、車椅子の向きを変えた。モグラではないパソコン画面に向かう。

調べ物を始めたらしい。しばらく待っていたのだが、圭司はなかなか顔を上げなかった。一心にパソコンを操るその様子に、祐太郎は邪魔にならないよう、事務所を出ることにした。

「コンビニでお菓子買ってくる。何かいる？」

圭司からの返事はなかった。祐太郎はそっと事務所を出た。出て廊下を正面に進むとエレベーター。途中、右手と左手にドアがある。右手の引き戸になっているドアが圭司の住居だ。もっとも、そう知らされているだけで、祐太郎が中に入ったことはない。左手は圭司の姉が所長を務める『坂上法律事務所』の物置になっている。そこにも入ったことはない。

エレベーターで一階に上がると、圭司の姉の舞と出くわした。外から事務所に戻るところだったようだ。所員と思しき二人のスーツ姿の男性と一緒だった。

「お、新人。仕事かい？」

住んでいる世界が違うと一目でわかりそうな祐太郎にも、舞はためらいなく声をかけてくる。一八〇センチ近い祐太郎と目線の高さはそれほど変わらない。履いているヒールの高さを考慮しても、一七〇はあるだろう。小さい顔には不釣り合いな大きな口が目を引く。

「いや、向かいのコンビニに」

祐太郎が言うと、舞はその大きな口を開けて、あははと笑った。

「サボるなよ、新人。働けよ」

「うぃす」

敬礼するように手を上げた祐太郎にひらりと手を振ると、舞は連れの所員たちとともに、エレベーターに乗り込んだ。祐太郎は上の階に上っていくエレベーターの表示を何となく眺めた。

「そこそこの弁護士だよ」というのが圭司の姉に対する評価だ。

舞が所長を務める『坂上法律事務所』は、もともとは企業法務の精鋭が揃う事務所として名高かったらしい。数年前に死んだ二人の父親がこのビルとともに舞に遺した。が、前所長の実の娘だからといって、海千山千の精鋭弁護士たちが黙ってついていくはずがない。父親の死後、ほどなくすると、ほとんどの弁護士が事務所を去っていた。そこで舞は大胆な事業転換を図る。クライアントを企業から個人に切り替えたのだ。富裕層をターゲットに、あらゆる相談に応じるワンストップの法律事務所に生まれ変わらせた。舞曰く、『痴漢えん罪から遺産相続まで』。今、事務所は七人の弁護士と二十人以上のスタッフを抱え、知名度も業績も順調に伸ばしているという。そこまで個人業務に特化した法律事務所が珍しいということもあるのだろうが、舞自身が法律家としても、事業家としても優秀でなければうまくいくはずがない。

そこそこの弁護士だよ、という圭司の言葉はそういう意味だった。

「ただし」と、そのとき圭司は付け足していた。「変態だけどな」、と。

おかげで祐太郎は舞と顔を合わせるたびにどぎまぎするようになった。このスタイルのいい、個性的だが美形の、三十代半ばの優秀な弁護士が、いったいどんな風に変態なのか。

祐太郎が何となく表示を眺めている間に、エレベーターは四階に到着した。舞の事務所は二階から四階までを占めている。そこでは今日も大勢の人が働いているのだろう。祐太郎は自分の足下に目を落とした。地上と地下。姉と弟。金持ち相手の法律事務所とデジタル仕立ての秘密基地。変態と偏屈。

コンビニでチョコレートを買って事務所に戻ると、圭司から厳しい声が飛んできた。

「どこに行ってた？」

「あ、コンビニ。あれ？　言ったんだけどな。これ、チョコ。食べる？」

呆れたように手を振ると、圭司はモニターの一つを祐太郎のほうへ向けた。

「新村拓海が削除を依頼したあの住所録。珍しそうな名前を片っ端から検索していったら、こんなのがヒットした」

あるＮＰＯが主催した講演会の記録だった。内容は『詐欺に遭わないための防衛術』。お年寄りを対象に、振り込め詐欺や未公開株詐欺などの被害に遭わないようにするための対策を話す講演会だ。住所録にあった『作田良治郎(さくたりょうじろう)』さんは、ゲストとして、自分が詐欺被害に遭ったときの体験談を語ったらしい。

「こんなのもあった」

老人の自殺を伝えるニュース記事だった。遺体で発見された『柘植丈人(つげたけと)』さんは、この二年間で複数の詐欺被害に遭い、ほぼすべての財産を失った。自殺はそれを苦にしたものだろうと記事は伝えていた。

「この住所録は詐欺被害者の名簿ってこと?」

「その二人はたまたま名前が出てきたけれど、通常、詐欺被害者の名前は報道されない。珍しい名前の二人が二人とも詐欺の被害者なら、これは詐欺被害者の名簿とみていいだろう」

祐太郎は思わず顔をしかめた。

「カモリストか。聞いたことがあるよ」

一度、詐欺に引っかかった人は二度と詐欺には引っかからない。警戒するから。普通はそう考える。が、実際は違うらしい。一度、詐欺に引っかかった人は、二度でも、三度でも引っかかる。彼らは詐欺に引っかかる人たちなのだ。詐欺師たちにとって理想的な顧客をリストアップした名簿は、アップデートを繰り返しながら、闇で売買されているという。

「拓海さんの仕事は詐欺だったのか」

「うちを証拠隠滅に使うつもりだったんだな。四十八時間っていうのは、ああ、検察送致までの時間か」

「ケンサツソウチ？」

「警察は逮捕から四十八時間以内に検察に送致しなくちゃいけない。それができなければ、釈放する。新村拓海は、逮捕され、送検されたら、決定的な証拠になる詐欺被害者の名簿を消すつもりだったんだ」

「でも、死亡確認できなければ削除しないだろ？」

祐太郎が言うと、圭司は目をそらした。

「ああ。でもそこは、きちんと理解していない依頼人も多いんだ」

妙に歯切れの悪い口調だった。

「そうなの？　え？　どういうこと？」

「多くの依頼人は、うちのサイトからダウンロードしたアプリは、指定した時間がすぎたら勝手に起動して、勝手に指定したデータを消すものだと思っている。実際には、指定された時間がすぎたら、デバイスへのリモート操作を可能にする。それがあのアプリの機能だ。依頼人にとって大切なデータを削除するんだ。こっちとしても慎重にやらなきゃならない。だから、死亡確認をしっかり取ったあとに、手作業で削除するようにしている。アプリの機能については、契約書を読めばちゃんと書いてあるし、契約書面上も、依頼人が死亡したときにデータを削除するとなっているから、契約違反ではない」

不機嫌な口調が言い訳がましく聞こえた。考えてみれば、死んだら消したいようなデータなのだ。依頼人からすれば、誰にも見られたくないだろう。それを考慮して、サイトではあたかも削除の際にはアプリが自動的に実行するように表現しているのかもしれない。ほとんどの場合、圭司は中を見ないで削除しているのだから同じことだが、それくらいには表現を誤魔化さなければ、依頼は激減するのだろう。

もっとつついてみたかったが、雇い主をいたずらに刺激するのはよくないと思い止まった。

「で、結局、どういうことになるんだ？」と祐太郎は話を戻した。

圭司はデスクの上にあった野球ボールを手にした。床にポンと弾ませ、手で受ける。それを繰り返しながら、圭司は言った。

「詐欺グループの末端の一人だった新村拓海は、あるとき、グループで使われている名簿の存在を知った。カモリスト。新村拓海には打ち出の小槌に見えた。新村拓海はその名簿をスマホで写真に撮った。グループを抜けて、自分で稼ぐつもりだったんだろう。が、それがばれた。グループは新村拓海を殺して、スマホを処分した。新村拓海が名簿をパソコンにコピーしていたことには気づかなかった」

うーん、と祐太郎はうなった。

「説明はつくけど、でも、それ、何か、拓海さんっぽくないな。グループを裏切って、自分一人で稼ごうなんて、拓海さんにはハードすぎない？」

「お前が依頼人の何を知ってるんだよ」

「恋人だって、拓海さんのこと、度胸がなくて、要領も悪かったって」

「恋人が必ずしも相手を正しく理解しているとは限らない。それに、記憶は歪むが、記録は歪まない。新村拓海のパソコンにこの名簿があった。それは事実だ。新村拓海は金が欲しかったんだろ？」

もう一度うなって、腕を組んではみたが、圭司の言い分に間違いは見つけられなかった。

「そうすると、拓海さんを殺したのは名簿をコピーされた詐欺グループ？」

「ああ、そうなるな。新村拓海が所属していた詐欺グループを見つけて、スマホをどうやって処分したのか、確認してくれ」

「あーっと、ん？」

祐太郎が聞き返したとき、デスクの隅にあるプリンターが動き出した。出てきた四枚の紙を見てみると、名簿を印刷したものだった。圭司がモグラの画面から顔を上げた。

「パソコン上のデータは、今、削除した。スマホのほうのデータがきちんと処理されているならいいけど、中途半端に川に捨てたとかってなると厄介だな。現物を確認してデータを削除しなきゃならなくなる。遺体発見が河川敷だけにあり得るよな。お前、ダイビングは？」

「いや、ダイビングって、ええと、今、データの話？　殺人事件の話じゃなくて？　今、俺たち、犯人に迫ったところじゃなかったの？」

「うちの仕事は、依頼されたデータを削除すること。殺人事件は警察が解決する」

「でも」

「今だって、警察は殺人事件の証拠品としてスマホを捜しているかもしれない。警察に先に見つけられたらどうなる？　普通に電源が入る状態ならいいが、電源が入らなければ、警察はメモリに直接アクセスして、中のデータを吸い出そうとするだろう。そうなったら、データを削除するのは不可能だ。だから、警察より先にスマホを確保しなくちゃならない」

「まだデータを消す必要があるの？　拓海さんは逮捕されたときの保険のつもりだったんだろ？　もう必要ないんじゃない？」

「受けた仕事は最後までやり遂げる。依頼人がどんなつもりだったかは考えるべきではない。うちが動くときは、いつも依頼人はすでに死んでいるんだから」

「でも、だって、詐欺グループって、どうやって捜すんだ？　しかも警察より先に」

「とっかかりになりそうなその辺りの知り合い、誰かいないのか？」

「どの辺りの知り合いだよ。いるわけないだろ？」

「いそうな感じ、したんだけどな。お前、見かけ倒しだな」

「俺にどんな期待を寄せてたんだよ」

そう答えてから、祐太郎は箱のことを思い出した。詐欺グループにつながるような仕事なら、いくつかあるだろう。が、それが新村拓海のグループにつながっていると期待するのは、さすがに虫がよすぎる。

「まあ、わかる範囲で当たってみるけど、あんまり期待するな」

「やっぱりいるんじゃないか」

反論しかけた祐太郎に、圭司は軽く手を振った。

「当たってくれ。期待してる」

もう文句を言う気にもなれなかった。ぐうと腹が鳴り、時計を見ると、七時になるところだった。

「連絡先が家にある。今日は帰るよ」

「ああ。サブちゃんによろしく」

何のことか考えながら事務所を出て、エレベーターの前でわかった。

「タマさんだよ」

祐太郎は根津の自宅に戻った。古い木造家屋だが、東京大空襲を免れたという周囲の家々に比べれば、まだ若いほうだ。引き戸の玄関を開けると、待ちかねていたように寄ってきたタマさんを抱き上げ、祐太郎は奥へと向かった。畳敷きの居室は祖母と暮らしていたときのままにしてある。タマさんを丁寧に畳に下ろすと、祐太郎は台所に立った。料理は好きでも嫌いでもない。ただ、祖母が生きていたころは、毎日、料理をするよう命じられていた。

「きちんと食べて、ちゃんと寝ていれば、人間、そうそう死なないもんさ。この家はあんたに遺すから、寝るところはある。あとは食べるものだけ、自分でどうにかしないとね」

それが祖母の口癖だった。本当に孫のためのつもりだったのか、自分が楽をしたいだけだったのか。とにかく、朝と夜は必ず食事を作らされた。そのために祐太郎は、どんな日でも、夕方六時には家に帰った。おかげで道を大きくは踏み外さずにすんだと、今になって祐太郎は思っている。

「うち、祖母ちゃんがいるから。俺が帰らないと、祖母ちゃん、飢え死にしちゃう」

そう言って、夕方にはそそくさと帰っていく男を、大きな悪事に引っ張り込もうとする人はいない。信用できないし、頼りにならない。これまで、意図せずに黒い世界に近づいてしまったことは何度かあったが、祐太郎がそこに染まることはなかった。黒とグレーの間にある、見えにくいけれど、致命的な一線。それをまたがずにすんだのは、祖母のおかげだと祐太郎は感謝していた。

その祖母が親友のタマさんを遺して逝って、もう一年以上が経つ。今は、タマさんに毎日、食事を取らせることが自分の使命だと祐太郎は肝に銘じている。万一、家に帰れなかったときのために、幼なじみに家の鍵を預けてはいるが、実際にタマさんの食事を頼んだことは一度もない。その一方で、食事を当てにした幼なじみが留守中に上がり込んで祐太郎を待っていることは月に一、二度あった。その幼なじみもここしばらく姿を見せていない。

自分のために手早く作った食事をちゃぶ台に載せ、タマさんのためにキャットフードを皿に盛った。祖母に人間の残り物を与えられていたタマさんは、キャットフードを見るといつも通り不満そうな顔になった。

「これで下痢、治っただろ？　毛並みもよくなったって、近所の猫の間で評判だぞ」

皿のキャットフードを手にとって口元に持っていくと、タマさんは仕方なさそうに口に入れ、こりこりとかみ砕いた。

「まずそうに食うなあ。それ、高いんだぞ」

　皿から食べ始めたのを確認して、祐太郎は戸棚の上にあった『次の仕事に困ったときのための箱』を持ってきた。食事をしながら、中のメモや名刺を確認していく。

「胡散臭いっていえば、どれも胡散臭いけど、どれって言われてもなあ」

　食事を続けていると、スマホに着信があった。画面を確認すると、非通知番号からの着信だった。祐太郎はスマホを構えた。

「はい。もしもし」

　応じて、ずるずると味噌汁を口に含む。

「マシバユウタロウだな？」

　聞いたことのない声だった。ゴクリと味噌汁を飲み込み、「だけど？」と祐太郎は聞き返した。

「お前、何だ？　本当に新村の中学時代の後輩か？」

「え？　は？」

「バーカ。とぼけんじゃねえよ。新村の女から聞いたぞ。中学時代の後輩なら、中学の名前、言ってみろ」

　祐太郎は新村拓海の恋人に連絡先を教えたことを思い出した。この男が彼女からこの電話番号をどうやって聞き出したのか。それを想像して、かっとなった。

「お前、赤ん坊、泣かせてないだろうな？」

「は？　何で俺が赤ん坊を泣かせるんだよ」

「この番号はどうやって聞き出した？」

「新村が死んだって知って、新村の家を訪ねたら、新村の女が教えてくれたんだよ。ついさっき、中学の後輩も訪ねてきてくれたって。高校の先輩まできてくれるなんて、やっぱりタクちゃんはいい人だったんだって、感激して泣いてたよ。あの女、本当にバカだな」

「お前、拓海さんがいたグループの人間か？」

「グループ」と男は笑った。「いいな、それ。仲良しな感じで」

「お前らが拓海さんを殺したんだな？」

「バーカ、バーカ。バカすぎるな、お前。殺人犯が香典を持って被害者の家に行くかよ」

「香典？」

「新村はバカだけど、悪いやつじゃなかった」

「グループから名簿を盗んでもか？　お前らが使っていた名簿、拓海さんがコピーしたんだろ？　知ってるぞ」

「コピー？」

男はしばらく黙った。声がはらんでいた緊張を聞きつけたのか、タマさんがなだめるように祐太郎の膝の上に乗ってきた。

「知らなかったのか？」

「まあ、別に構わないさ。もう使用済みのもんだ。お前が使いたいなら使えばいいけど、それ、だいぶ古いやつだぞ。お前、新村からいくらで買ったの？　あ、それで文句を言いに行った？　ああ」

男の口調が途端に変わった。

「てめえ、だから、新村を殺したのか？」

威圧感のある声だった。これまで、いろんな場面で凄まれてきた祐太郎でも、面と向かって言われていたら咄嗟に言い返せていたかどうか、自信がなかった。

「そんなわけあるか。拓海さんはお前らが殺したんじゃないのか？」

少し考えるような間があり、男は声音をもとに戻した。

「殺さないよ。もう仕事は終わってる。悪いやつじゃないけど、使える男でもないし、もう関わる気はなかったよ」

「この名簿は、いらないのか？」

「いらないけど、使わないでおいてくれると助かる。それを使ってお前がパクられると、こっちの被害者まで芋づるで洗い出されるおそれがある。なあ、一度、会わないか？　名簿を使う仕事がしたいなら、一緒にやれることもあるかもしれない」

「わかった。どこで会える？」

「またこっちから連絡するよ」

祐太郎が引き留める間もなく電話は切れていた。


翌日、祐太郎は再び新村拓海のアパートを訪ねた。彼女に問いただしてみると、昨日、祐太郎が帰ったあとに、高校の先輩だという男が香典を持って訪ねてきたとのことだった。彼女の話を聞く限り、特段、何かを探りにきたわけではなく、新村拓海が殺されたことで、自分たちに不利なことが起こっていないか、確認しただけのようだった。祐太郎に電話をかけてきたのも、同じ理由だろう。

「そうすると、つまり、新村拓海を殺したのはそのグループではない？」

事務所で電話のことを報告すると、何ですぐに知らせないんだよ、とぼやいたあと、圭司は祐太郎に確認した。

「そうだと思うよ。拓海さんのことはむしろちょっとかわいがっている感じだった」

豹変（ひょうへん）したときの男の声を思い出して、祐太郎は付け足した。

「まあ、裏切り者にはひどいことしそうなやつだったけど。でも、拓海さんが名簿をコピーしていたことは知らなかったみたいだし」

「じゃあ、誰が殺したんだ？　スマホは誰が持っている？」

「さあ」と祐太郎は応じたが、圭司は答えを求めたわけではなかったようだ。祐太郎が首をひねるのと同時に一枚の紙が突き出されていた。

「手分けしよう」

咄嗟に受け取り、祐太郎は紙に目を落とした。フォルダにあった名簿だった。昨日、新村拓海のパソコンからデータを削除する前に印刷したものだ。

「電話をかけてくれ。こちら警視庁犯罪被害対策室のものです。詐欺被害に遭われた方のその後の様子をリサーチしております。最近、不審な電話や訪問などはなかったでしょうか」

「ん？　どういうこと？」

「グループにとっては使い終わったはずのこの名簿が、新村拓海にとっては意味のあるものだった。新村拓海はこの名簿を使って何かをしようとしていたんだ。だったら、この名簿の中の誰かに接触しているはずだ。その人を探してくれ」

祐太郎と圭司は電話をかけ始めた。いったい何本電話する羽目になるのだろうと祐太郎はうんざりしていたのだが、心配するまでもなかった。一人目で反応があった。

「ああ、またですか」

祐太郎が圭司に言われた通りの身分を名乗ると、相手はそう応じた。名簿の一番上、江東区の住所で、名前は中村和夫とある。

「ああ、でもこの前は深川警察署さんでしたっけねえ。その件ではないんでしょうかねえ」

老人の声だった。声がしゃがれている上に滑舌が悪く、ひどく聞き取りにくい。

「私は警視庁のものです。犯罪被害に遭われた方が、同じような被害に遭われていないか、確認しています。所轄から何かありましたか？」

「ショカツ？」

「ああ、だから、深川警察署です。深川警察署が何と言ってきたんです？」

「はあ、何でも被害品が見つかったとかで、うちのものじゃないかっていう確認のお電話がありましたけど、どうもうちとは関係ないみたいで、ですから、私、そう言ったんですわ、はい。うちにも、そういうのがきましたけど、うちは何も取られませんでしたんで、ええ。そうそう、何度も何度も、あなた、ねえ？」

その後、辛抱強くやり取りを重ね、祐太郎はどうにか状況を確認することができた。

先月、深川警察署員を名乗る若い男から電話があった。男によれば、悪質な押し買い商法をしていたグループが摘発されて、被害品が押収されたという。警察は被害品の持ち主を捜しているとのことだった。被害品は古い箱。

「きらきらした細工が貼ってある黒い箱、とか説明されたらしい」と祐太郎は圭司に言った。

「きらきらした細工が貼ってある黒い箱？　螺鈿細工の漆器の手文庫ってことか？　新村拓海はその手文庫を騙し取られた被害者を捜していた。何でだ？」

「さあ」

「新村拓海のグループはこの名簿の人を狙って押し買い商法をしていた。あるとき、騙し取った手文庫に何かが入っているのを見つけた。たとえば、脅しに使えるようなネタが。新村拓海はそのネタを使って恐喝しようと考えた。が、それが誰から奪ったものかわからなかった。それで名簿を当たっていた」

どうかなあ、と祐太郎は首を傾げた。

「押し買いで奪ってきたものは、どうせすぐにさばくんだから保管は品目別になると思う。貴金属なら貴金属、ブランド品ならブランド品って。だから、元々の所有者がわからなくなるっていうのはあり得るだろうけど、でも、恐喝って、何か拓海さんらしくないいな」

「だから、お前が依頼人の何を知ってるんだよ」と圭司は言った。「依頼人が押し買い商法のメンバーだったのなら、恐喝をやったっておかしくない」

「ええ？　押し買いと恐喝は違うだろ？」

「違うか？」

「違うよ。押し買いとか、オレオレとか、そういうのをやるグループって、それなりに理屈があったりするんだよ。日本のお金の大部分は年寄りが握っていて、年寄りが使わないもんだから俺たち若者が苦労するんで、だから若者が年寄りから金を取るのは、実はそんなに悪いことじゃないんだ、みたいなさ。いや、もちろん、そんなのダメだよ。でも、下っ端を洗脳するための理屈は、ちゃんと用意されてるんだ。俺なんかもバカだからさ、そういうものかなあ、とか思っちゃうこと、あるんだよ。拓海さんもそうだったんじゃないかな。犯罪グループの下っ端なんてさ、食い物にされているっていう意味じゃ、加害者っていうよりむしろ被害者なんだよ」

「お前」と圭司が呆れたように祐太郎を見上げた。「この名簿の人たちに向かっても、それ、言えるか？」

「いや、言えないけど、だから、そうじゃなくて、押し買い商法のメンバーだから、悪いことでも何でもするだろう、っていうのは、ちょっと違うんじゃないかなって」

「まあ、いいよ。奪われた本人に聞こう」

「奪われた本人って？」

「さっきの電話。一発目で当たったのは偶然じゃない。新村拓海は俺たち同様、このリストの上から順に当たったんだ。俺たちもそうすればいい。お前、奇数番目な。先日、所轄から連絡があったと思いますが、その後、何か思い出されたことはないでしょうか。そう聞いていけ」

「何か思い出すって？」

「そこはどうでもいいんだよ。所轄から連絡があったと思いますが、が伝わればいい」

「ん？　ああ、なるほど」

祐太郎は圭司とともに同じ内容の電話をかけ続けた。確かに古い名簿のようだ。つながるのは、半分ほどだった。引っ越したか、すでに亡くなったか、電話番号を変えたか。つながった人の多くのもとには、半年ほど前から三、四ヶ月前までにかけて、押し買い商法のグループが接触していた。そのうちの二割ほどが実際に被害に遭ってもいた。嘆きと恨み。諦めと自己嫌悪。憂鬱(ゆううつ)な電話をかけ続け、一枚目のリストが終わるころ、ようやくそれまでと違う反応があった。

「所轄から連絡ですか？　所轄というと、目黒(めぐろ)警察署ですか？　いえ、そういうことはなかったと思いますけれど」

年寄りの声だが、しっかりしていた。押し買いらしき電話はあったが、きっぱり断った。それについて、所轄から問い合わせはきていないとのことだった。

その後、もう一人つながるまで電話をかけてみたが、同様に所轄からの連絡はないとのことだった。

「新村拓海は、ここからここまでの間で電話をやめている。この間に持ち主がいたんだ」と圭司が言った。

　最後に所轄からの連絡、つまりは新村拓海からの嘘の電話を受けていた人から、電話がこなかった人までの間に、三人の名前があった。そのうち、一人は電話番号がすでに使われていなかった。一人は三年前に亡くなったと家族が教えてくれた。もう一人は呼び出し音は鳴ったが、応答はなく、留守電にもならなかった。

「赤井恵子さん。この人がその箱の持ち主？」

「どうかな。住所は足立区か。行ってみよう。お前、運転免許はあるよな？」

　祐太郎は驚いて、圭司を見返した。圭司と外出するなど、初めてのことだった。


　ミニバンは後部ドアからスロープで車椅子ごと乗り込み、後部座席の位置で固定できるようになっていた。圭司はほとんど補助を必要とせず、車に乗ることができた。車椅子をどう固定するのかは、事務所のビルの駐車場で舞が教えてくれた。たまたま別の車で外出するところだったらしい。二人を見つけて近づいてきた舞は、追いやろうとする圭司に構わず、手順を丁寧に祐太郎に説明してくれた。

「車で出かけるのなんて、夏目さんがいたころ以来じゃない？　外に出るのはいいことだ。新人くんのおかげだね」

嬉（うれ）しそうに舞が言い、圭司は苦い顔をしていた。夏目というのが誰なのか舞に尋ねると、祐太郎の前に『ｄｅｌｅ．ＬＩＦＥ』で働いていた人だという答えが返ってきた。

「夏目さんて、どんな人？」

車中で尋ねたが、圭司は答えなかった。

赤井恵子の自宅は古いマンションの一階にあった。近所のコインパーキングに車を停め、二人はマンションの部屋に向かった。呼び鈴を押したが、返事はなかった。

「さっき車で通ってきた橋」と圭司が言った。「気づいてたか？　渡ってこっちが足立区。渡る前が荒川区。新村拓海の遺体の発見現場は荒川区の河川敷」

「ここは遺体発見現場の近くってこと？」

「その可能性もあるってことだ。中に入るには十分な理由だろ？」

圭司が祐太郎を見て、祐太郎はドアノブを見た。鍵は古いディスクシリンダー錠だった。祐太郎はジーンズのベルトループに通したキーリングを手に取った。家の鍵と一緒にピックとテンションが一本ずつぶら下げてある。ごく基本的なピッキングツールだったが、古いディスクシリンダー錠とあって、開けるのに一分とかからなかった。

「それ、いつも持ち歩いているのか？」と圭司が聞いた。

「ああ。前に人からもらって、意外に便利だから。開けにくいプルトップとか、破るところがよくわからないお菓子のフィルムとか。あれ、腹立たない？」

呆れたように圭司が首を振った。祐太郎は圭司の指示に従って、圭司が車椅子で室内に入るのを手伝った。高い段差ではなく、さほど苦労はしなかった。圭司に渡されたカバーを車椅子のタイヤにつけてから、奥に進む。短い廊下の右手にトイレとバスルームがあった。奥のドアを一歩入った途端、祐太郎は息を詰めた。

「これは……」

圭司も手で鼻を覆って絶句している。錆びついたような強い腐臭が満ちていた。祐太郎は臭いの元を探して室内を見渡した。灰色のカーペットの一部に黒い敷物がかけられていた。バスマットらしい。祐太郎は近づき、バスマットを取り払った。咄嗟に目をそらしたのは、それが放つ臭いのせいではなく、禍々しさのせいだった。そのどす黒い染みが血痕であることは、理屈抜きに理解できた。どうにか消そうとしたのだろう。こすったあとがあった。傍らには洗剤の容器とブラシもある。近くにあったゴミ袋を覗くと、何度もカーペットを拭ったのだろう。大量の汚れたタオルが入っていた。

「赤井恵子さんが、拓海さんを？　これ、そういうこと？」

カーペットにかがみ込んで、祐太郎は言った。臭いと血痕の大きさからすれば、かなりの量の血が流れたようだ。

「いや。違うみたいだな」

続きになっている和室から圭司の声が聞こえた。そちらに行くと、隅にあった仏壇の前に圭司がいた。何かを投げて寄越す。受け取ってみると、位牌だった。

「投げるなよな、こういうものを」

位牌の裏には『赤井恵子』の名前があった。亡くなったのは今年の頭。行年、七十六歳。仏壇に位牌を戻し、祐太郎はもう一つ、位牌があるのに気がついた。そちらの裏には『赤井元』という名がある。こちらの没年は十年前。行年、七十歳。仏壇の隣には年老いた夫婦の写真があった。赤井元、恵子夫妻だろう。祐太郎は鈴を鳴らして、手を合わせた。

カーペットの部屋に戻ると、圭司は座卓の上にあったノートパソコンを膝に載せ、いじっていた。

「使えるの？　ロックは？」

「ＰＩＮだと四桁に設定する人が多い。テンキーが四つだけ使い込まれていた。０、１、４、５。まずは誕生日。次に電話番号。誕生日だとすると、四月十五日か、五月十四日。五月十四日だった。０、５、１、４」

祐太郎にしてみれば説明になっていない説明だったが、何度か聞き直した程度では理解できそうになかった。祐太郎の反応には頓着せず、圭司はパソコンをいじりながら話を進めた。

「ここの住人は赤井ヨシキ。良い樹の良樹。四十六歳。どうやら独身」

「あの二人の息子さんか」

「だろうな。それまでは頻繁に見ていたエロサイトも、三日前からは見ていない。河川敷で発見された遺体の捜査状況について、ずいぶん頑張って調べようとしている」

「決まりじゃないか」

「そうだな。決まりだ」

「どうする？」

「今は仕事中だろ。帰りを待つさ」

　まだ昼すぎだった。圭司はノートパソコンをいじり続けた。祐太郎は仕方なく、テレビを見て時間をつぶした。部屋にはソファどころかクッションもなく、長く座っているとお尻が痛くなった。かといって、片隅に血痕の残るカーペットに寝そべる気にもなれなかった。立ち上がって腰を伸ばし、改めて眺めてみると、ものの少ない部屋だった。目につくのは小さな座卓ぐらいで、テレビはプラスチックケースの上に載っている。畳の部屋にあるのは仏壇だけで、タンスさえなかった。男の一人暮らしにしたって寂しすぎるし、今年の頭まで母親との二人暮らしであったとするなら、異常にも思えるほどのものの少なさだ。

赤井良樹が帰ってきたのは、夕方の六時すぎだった。物静かな男のようだ。祐太郎は彼が帰ってきたことに気づかなかった。小便をして、トイレの水を流し、トイレから出て、部屋に戻ろうとしたところで、そこに口をあんぐりと開けて突っ立っている男を見つけた。小太りで、くたびれたスーツを着ていた。四十六という実年齢より老けて見えるのは、ほとんど白くなっている髪とたるんだ頬のせいか。

「ああ、どうも」と祐太郎は慌てて頭を下げた。「赤井良樹さんですね？　お邪魔してます」

問いかけに反射的に頷いてから、赤井良樹は引きつった顔で後ずさりをした。

「ようやくお帰りか」

自分の背後から上がった声に、赤井良樹は文字通り飛び上がるほど驚いた。

「な……誰だ、君たちは」

腰を抜かしたように壁に背中を預けて、右の圭司と左の祐太郎をせわしなく見比べる。

「俺たちが誰かは、この際、あんまり問題じゃない。そうだろ？　問題はあんたが何をしたかだ」と圭司が言った。

「何って……私は、何も……」

「血だまりの前でよく言うよ」

圭司が呆れたようにカーペットの血痕を顎でしゃくった。

「これは、別に……」

「いいよ。そういうのはいい。俺たちは警察じゃないし、警察に知らせてもいない。新村拓海のスマホ、どこにある？」

「あ……え？」

「スマホだよ。あんたが殺した新村拓海のスマホ。どこにやった？　それだけ教えてくれればいい」

男の目から消えていた思考の光が、徐々に戻ってきているのに祐太郎は気づいた。警察じゃない。相手は二人。一人は車椅子。そのことが赤井良樹の中で意味を持ち始めていた。圭司の向こうにはベランダに続く窓。そしてここは一階だ。それを圭司に知らせようとしたが、その前に、圭司が笑い出していた。

「あんた、わかりやすいな。でも、襲うなら、そっちを勧めるよ」

圭司が祐太郎を顎でしゃくった。

場違いな笑い声にわずかにたじろいだが、すぐに男は圭司に飛びかかった。が、圭司のほうが速かった。ハンドリムを素早く引いてその場を飛び退き、次の瞬間には、鋭く前に押し出して、たたらを踏んでいた男にぶつけた。鈍い音が響き、ぎゃっという叫び声を上げて、男が転がった。足を抱えるようにして倒れた男を圭司は見下ろした。

「たかが歩けるくらいで自分のほうが有利だなんて、どうしてそう思ったんだ？」

男が足をかばいながら、よろよろと立ち上がった。圭司は窓を背にして、悠然と笑っている。男はくいっと祐太郎に視線を移した。

「あ、俺？　いや、俺は別に何もやってないけど、武道やっているやつから褒められるんだ。器用だって。うん。そんな強いってわけじゃないけど……」

言い終える前に男が突っ込んできた。祐太郎は突進してきた男の体をかわしながら背後に回り、足をかけると同時に腕を取って、引き回すようにしてカーペットに組み伏せた。

「器用だな、本当に」と圭司が言った。

「ああ、うん」と、うつぶせにした男の背中に乗り、腕をきめて、祐太郎は頷いた。

「よく褒められる」

「何なんだ、お前ら」

祐太郎の下で男がわめいた。

「あいつの仲間か？　復讐しにきたのか？」

圭司がゆっくりと男に近づいた。祐太郎の体の下で身をよじらせる男を冷ややかに見下ろし、圭司は言った。

「スマホだよ。そう聞いてるだろ？　新村拓海のスマホはどこにある？」

「スマホ？　何、言ってんだ？」

顔のすぐ近くまできても、圭司は車椅子を止めなかった。男の首に車輪の一つがかかる。くっと男がのどを鳴らした。

「殺したあと、新村拓海のスマホをどこにやったかって聞いてるんだ」

圭司は車輪で男の首をぐいぐいと締めつけた。男の顔が赤く染まっていく。

「捨てた」

男がつばを垂らしながら苦しそうに言った。

「どこに」

男が告げた場所は新村拓海の遺体が発見された現場からずっと下流の河原だった。

「目印、ないのか？　大きな木の近くとか」

「橋の近く。橋のたもとから投げた。遠くじゃない。川まで投げるつもりだったのに、届かなかった」

ちっと圭司が舌打ちして、男の首から車輪を離した。祐太郎の体の下で、男がむせ込んだ。

「面倒臭いなあ。お前、もっと場所、詳しく聞いておけよ。わかってるだろうけど、見つからなくて苦労するの、お前だから」

そう言うと、圭司は玄関のほうに向かって車椅子を進めた。祐太郎は慌てて声をかけた。

「え？　おしまい？　何で殺したとか、聞かなくていいの？　警察とか、どうするの？」

圭司が祐太郎を振り返った。

「どうもしないよ。動機を聞きたいなら、勝手に聞けよ。手短にな」

「あ、それじゃ」と言って、祐太郎は体重をかけて、きめていた腕を締め上げた。

「あんた、何で拓海さんを殺したんだ？」

ぐうっと男が苦しげな声を出して、足をばたつかせた。

「それじゃ言えないだろ」

圭司に言われて、祐太郎は力を緩めた。男は呼吸を整えもせずに、わめいた。

「あいつがやったんじゃないか。うちに何度も何度も押しかけてきて。そうなんだろ？　俺が地方赴任している間に、一人っきりの年寄りを騙しやがって。帰ってきたら、家の中、空っぽだったよ。テレビも、食卓すら持っていっちまってたよ。お袋、毛布にくるまって、呆然（ぼうぜん）としていたよ。何もない部屋の中で震えていたよ。お袋が死んだの、それからすぐだったよ」

新村拓海がいたグループは、かつてこの家に押し買いにきて、一人で暮らしていた赤井恵子から一切合切を奪っていった。

「拓海さんは、あんたのところに、何をしにきたんだ？」

「警察を名乗って電話をかけてきた。黒い箱を騙し取られなかったかって。うちの手文庫のことだってわかった。それはうちのだって言ったら、あいつが訪ねてきた。どう見たって警察じゃないだろ？　問い詰めたら、これを返したいだけだって、受け取ってくれって言って、袋を出してきた。中を見たら、写真が入ってた。俺の小さいころの写真。お袋や親父と一緒に撮った写真。それをコンビニのビニール袋に入れて、突き出してきやがったんだ。お袋が手文庫の中に入れてたものだって聞いて、俺、泣けてきちゃってさ。そうしたらさ、泣いている俺を見て、あいつ、満足そうに笑ってやがるんだよ。これだけはどうしても返したかったんですって。ふざけるなって。いいことしたつもりかよって。お前、お袋がどんな思いをして死んでいったか、わかってるのかよって。俺に、ごめんね、ごめんねって言いながら死んでったんだぞ。何もかも取られちゃって、ごめんねって。たった一人の息子に、何も遺してやれなくて、ごめんねって。お父さんの形見の腕時計も、いつかお前のお嫁さんになる人にあげるつもりだった真珠の指輪も、全部取られちゃって、ごめんねって」

言いながら、赤井良樹は泣いていた。そうしている気力もなくなって、祐太郎は男の腕を放し、男の背中から体をどけた。

「あんた、だから拓海さんを」

「ああ、殴ったよ。何度も殴った。あいつ、一度もよけなかった。それで罰を受けてるつもりかよって、また腹が立った。ふざけるなって思ったよ。罰を受けたいならわかったよ。俺が罰してやるよって。だから台所から包丁を持ってきて、それで……」

「刺した？」

男が頷いた。

「何で、そんな……」

「しょうがないだろ？　あんなバカに罰を与えようと思ったら、痛がらせるしかないだろ？　だって、言って通じるのかよ。話してわかるのかよ。痛がれよと思って、刺したよ。でも、あいつ、あんまり痛がらなかった。もっと痛がれよと思って、もう一回刺した。そうしたら、あいつ、死んだ。死んでた」

「死体は？」

「毛布にくるんで、レンタカーを借りて、夜になるのを待って、河原に転がしてきた。でも、家に帰ってきたら、部屋にスマホが落ちてた」

「だから、また捨てに行った」と早口で圭司が言った。「死体を捨てた場所には近づきたくなかったから、別の場所から放り投げた。それですべてだ。さあ、行こう」

「警察は？　いいの？」

「いいだろ。ただ、まあ、このまま人一人を殺した罪を背負って生きていけるほど、あんたは丈夫じゃなさそうだ。俺があんたなら、さっさと警察に行くよ。人に罰してもらったほうが楽だろ？　あんたはそういうタイプだよ。そういう意味じゃ、新村拓海と一緒だな」

男がのろのろと顔を上げた。

「どのみち、こんな雑な殺し方や捨て方をしてるんだ。じきに警察はあんたを割り出す。ああ、自首するなら、俺たちのことは言わないほうがいい。あくまで自発的に警察に出頭した。そうしないと、せっかくの情状酌量が割り引かれるぞ」

圭司は目線で祐太郎を促した。倒れたままの男を置いて、祐太郎は歩き出した。玄関口で、車椅子に乗った圭司をたたきに下ろしたとき、男の声が聞こえた。

「るいのかよ……れが悪いのかよ……」

三度目は絶叫だった。

「俺が悪いのかよ」

「ああ、そうだな」と圭司が返した。「あんただけが悪いんじゃないけどな」

絞り出すような男の泣き声が聞こえた。祐太郎と圭司はその家を出て、コインパーキングに戻った。後部ドアからスロープを下ろし、車に乗り込んだ圭司の車椅子をフックで固定する。祐太郎は運転席に座り、後ろの圭司を振り返った。

「放ってきて、本当にいいの？　あの人、自殺したりしないかな」

「自分の罪がいつばれるかって怯(おび)えていたときに比べれば、可能性は低い。自殺よりは自首するきっかけになるだろ」

「確かに？」と祐太郎は聞いた。

圭司は笑って首を横に振った。

「確かじゃない。俺はそう思うってだけだ」

マンションのほうを見やった祐太郎の肩を圭司が小突いた。

「行くぞ。業務命令だ」

二人は男の言っていた橋に向かった。もう暗くなっている上に、河原は背の高い草に覆われている。圭司ははなから手伝うつもりはないらしい。降りるとも、降ろせとも言わなかった。マグライトを手にした祐太郎がスマホを捜し当てるのに一時間以上かかった。

車のシガーソケットでスマホを充電し、圭司が目当てのフォルダを見つけて、削除した。

「削除、完了」と圭司が呟いた。

少し開けた窓から、川のせせらぎが聞こえてきた。わずかに吹き込んでくる風は、すぐに車内のぬるい空気に溶けて紛れた。

「押し買い商法グループの下っ端として働いていた拓海さんは、あるとき、グループが騙し取った手文庫の中に写真を見つけた」と祐太郎は思いつくままに口を開いた。「それは母親が大事にしまっていた子供の成長記録だった。もちろんグループにとってはただのゴミだ。でも、拓海さんは捨てられなかった。捨てられない人になってたんだ。グループの仕事が終わったあと、拓海さんはその写真を返そうと、手文庫の持ち主を探し始めた。その一方で、まともな仕事につくために就職活動も始めた。うちにデータの削除を依頼したのは……きっと警察に引き渡されることも覚悟していたからだね。自分が捕まるのは仕方ないけれど、グループを売るわけにはいかないから、証拠になる名簿は消そうとした」

「ああ、そんなところだろうな」

芋づるで被害者が洗い出されると困る。電話の男もそう言っていた。が、削除を依頼したのはグループに対する忠誠心からではない。報復が彼女や子供に向かうことを恐れてのことだろうと祐太郎は思った。

「拓海さんは罰せられたかったわけじゃないと思う」と祐太郎は言った。「ただ、変わりたかったんだ。今までの自分じゃない、父親としての自分に」

圭司が鼻を鳴らし、白けたような顔で頷いた。

「この子か」

圭司が差し出したスマホの画面には、あの赤ん坊と母親とが並んで眠っている写真があった。眠っている二人に気づかれないよう、そっと忍び寄り、スマホを構えている新村拓海の姿が浮かび、祐太郎は思わず微笑んだ。圭司に促されて画面を繰ると、気づかれないように撮られた何枚もの二人の写真が出てきた。赤ん坊一人の写真も何枚もあった。

『この子が泣いても、あやしてくれなくて、いつも怒って私を呼びにきた』

それはたぶん、この子を大事に思ったからだ。大事に思って、思いすぎて、新村拓海は途方に暮れた。

「これ、拓海さんの彼女に渡していいかな?」

祐太郎が聞くと、圭司は首を振った。

「ダメだ。スマホはあの橋から投げる」

「拓海さんがこういう写真を撮ってたって、彼女に教えてやりたいんだ」

「お前、本当に見かけ倒しだな」と圭司は言った。「赤井良樹が自首すれば、スマホについても証言するだろう。見つけやすいところに投げておいてやればいい。証拠として用済みになれば、その女のところに行くだろ」

「そう。そうだね。わかった」

祐太郎はスマホを手に、車から降りた。

スマホが彼女に渡ったとき、彼女の胸の中で、新村拓海は赤ん坊を抱きしめる。自分なんかが抱いたら壊してしまいそうで、汚してしまいそうで、泣いていてもあやすことさえできなかったその子を初めて抱きしめることができる。

祐太郎は新村拓海の思いがこもったスマホを夜の闇に放った。

シークレット・ガーデン

Secret Garden

カウンター席に座っているのは祐太郎だけだった。祐太郎は背後を振り返り、店の壁にかかった時計を確認した。午後〇時十五分。姿勢を戻したとき、カウンター越しにラーメンが出てきた。

「はい、醬油ラーメンね」

「あ、どうも」

割り箸を割って麺をつまみ、フウフウと息で吹いてから、すすり上げる。その間中、店主はカウンターの中で腕を組んで、前を向いていた。注視されているわけではないが、居心地は悪い。祐太郎はさりげなく首を左右に回して店内を確認し、右を向いたついでに、ガラス扉の向こうの道を行き来している人を眺めた。新宿の中華料理店『夕楽』には、強力な結界が張られているようだった。昼の書き入れ時であるはずなのに、店内に客は自分だけで、すぐそこの道には大勢が歩いているのに、新たな客が入ってくる様子は一向にない。正面に姿勢を戻し、また麺をすすって、今度はスープもすすった。

まずくはない、と祐太郎は思った。町に一軒しかない中華料理店だったら、月に二度くらいはくるかもしれない。けれど、五分も歩けば別の中華料理店が見つかるであろう東京随一の繁華街で、わざわざこの店を選んでやってくる理由は、確かになさそうだった。これで、店主が若いイケメンだとか、チャイナ服を着た美人のウェイトレスがいるとかなら、また話は違うだろう。

　祐太郎は顔を上げた。こちらを見ていたいかつい顔の無精ひげの店主とばっちり目が合ってしまった。店主はぼんやりしていただけだったようだ。目が合い、気まずそうな顔になった。祐太郎はにっこり笑って、うまいっすよ、と言った。いかつい顔に苦笑が浮かんだ。

「兄さん、うち、前にきたことあった？」

「いや、今日が初めてっす」

　そうか、と店主は頷き、無精ひげを撫でるように口元に置いた手を動かした。質問の意味について説明があるのだろうと祐太郎は待っていたのだが、店主は口を開かなかった。

「何でですか？」と祐太郎は自分から聞いた。

「ん？　ああ、いや、この店、前はうちの親父とやっててね。麵類は親父の担当だった」

「ああ、そうなんすか」

「親父のラーメン目当ての客がわんさときてね。昼時なら、十分待ちは当たり前だった」

「へえ。すごいっすね」

「うまかったんだよ、親父のラーメンは」

店主はガラス扉の向こうの通りを眺め、目を細めた。

「このラーメンもうまいっすよ」

祐太郎は豪快にラーメンをすすった。

「それが本気なら、兄さん、ろくなもん、食ってねえな」

祐太郎に視線を戻して、店主は笑った。

「親父のラーメンはこんなもんじゃなかった。三ヶ月前にきてくれりゃな。兄さんも、親父のラーメン、食えたのに」

「親父さん、どうしたんすか？」

「三ヶ月前に店で倒れてな。悪いなりに踏ん張ってたんだけど、一昨日（おととい）、逝っちまったわ。今日が通夜で、明日が葬儀だ」

「今日って……え？　ここにいて、いいんすか？」

「昼だけ、な。お客のために昼だけでも店を開けるのが親父への供養だって思ったんだけど、まあ、笑っちまうな。客なんてきやしねえ。兄さんだけだ。親父が店からいなくなった途端、客足がぱたっと止まっちまってな」

それはどうも、と祐太郎は口の中でもごもごと言った。

「ああ、すまん、すまん。変な話をしちまったな。兄さん、妙に話しやすいから。普段はお客相手にお喋りなんてしないんだけどな。なあ、ニラレバ、食うか？　炒め物なら、俺のだってうまいんだ。おごるよ」

「ごちっす」と祐太郎が頭を下げると、「おう」と店主は笑って、中華鍋を手にした。


地下にある事務所には、日の光も、外の喧騒も入ってこない。が、こちらは結界というより異界だった。無機質なコンクリートの壁、高い天井、何台かのパソコン。異界の主はそのパソコンの向こうにいた。

「じゃあ、死んだのは間違いない？」

車椅子に座った姿勢で圭司が聞いた。

「息子が言うんだから確かだよ」と祐太郎は頷いた。「それ、消すの？」

「それが依頼だ。死亡確認ができたんだから、削除する」

祐太郎が止める間もなく、圭司はモグラを操作して、依頼人のパソコンからフォルダを削除した。

「ああ」と祐太郎はため息をついた。

「何だよ」と圭司が祐太郎に目を向けた。

「それ、ひょっとしたら、『夕楽』自慢の醤油ラーメン親父さんバージョンのスープレシピだったかもしれない。だとすると、今、この瞬間に、俺はあの伝説の醤油ラーメンを一生食えないことが確定したんだ。俺だけじゃない。この世の誰も、もうあのラーメンを食えないんだ。そういうことに心が痛んだりしないか？　心が寂しくなったりしないか？　心が涙を流したりしないか？」

「近いよ。ニラレバ食ったなら考えろ。何が、あの伝説のラーメンだよ。今日、初めて行った店だろうが」

祐太郎は口を手で覆って、息の臭いを確認した。さっき食べたニラレバ炒めの臭いがした。

「いや、ニラレバは悪くなかったんだよ。あのうすらぼけーっとした味のラーメンがどうにかなれば、お客は集まると思うんだけどな。ああ。さっきのファイル、やっぱりスープレシピだったんじゃないかなあ」

「知らないよ」

「でも、そうだとすると、親父さん、何で削除依頼したのかな。自分が忘れたときのためには取っておきたかったけど、息子には教えたくなかったってこと？　意地悪だよなあ」

「知らないって」

「仲、悪そうじゃなかったけどなあ。息子は親父さんのことが好きだったけど、親父さんは息子のことが嫌いだったのかな。そういう親子関係って、あるのかな？」

「知らないけど、なあ」と圭司はため息をついて、言った。「さっきのフォルダの中身が仮にスープレシピだったとして、たとえば、こうは考えられないか？　店には、毎日、昼時になると客がわんさとやってくる。死んだ父親の味を求めて。息子の自慢の炒め物なんか、誰も食ってくれやしない。父親が遺したレシピだけが店を支えているんだ。そのレシピ通りに、黙々とラーメンを作っているだけの日々。それが店の伝統を作り出すってこともあるんだろう。けれど、それでは料理人としての息子の可能性をつぶしてしまうと父親は考えた」

「おお」と祐太郎は声を上げ、圭司を指さした。「おお、おお。きっとそれだよ。そういうことなんだよ。さすが所長。ものの見方が深い。いやあ、深いわあ」

「深い、浅いじゃない。わからないと言ってるんだ。依頼人が生前、何を考えていたかなんて、どうせわからない。わからないから、気にせずに消していけばいいんだ。それが依頼人の望みだってことだけは、はっきりしているんだから」

「えー？　じゃ、たとえば、すっごい天才肌の小説家がいてさ、書きかけの小説の削除をうちに依頼していたとするよな？　書きかけのものなんか、自分の死後に発表されたらたまらんってことでさ。でも、きちんと書き上げたら発表するつもりだった。ところが、書き上げたまさにその瞬間、小説家は死んでしまった」

「ずいぶん、都合のいいところで死ぬんだな」

「達成感で気が緩んだんだろうね」

「気が緩んで死ぬのかよ」

「死んじゃったんだよ、その小説家はさ。そういうとき、ボスはどうする？　小説はできあがっている。依頼人はそれを発表することを望んでいた。世界ではその小説家の新作を待っているファンが何百万人といる。しかもとびっきりの傑作だった。それでも、さっきのボスの言葉に従うなら、その小説は消されることになるよ。誰の目にも触れないどころか、完成さえ誰にも知られずに消えていくことになる。それって、どうなの？」

「どうもこうもない。そういう運命に生まれついた作品だったんだよ」

「惜しくならない？　それは人類に対して、罪深い行為だと思わない？」

「そうと知れば惜しくもなるし、罪深さも感じる。だから、知らなければいい」

「難しい問題は見なかったことにしちゃうその感じって、それはどうなんだろう？　解決方法として子供っぽくない？」

祐太郎が聞いたとき、モグラが目を覚ました。圭司はモグラを引き寄せて画面を睨(にら)

み、タッチパッドに手をやる。こうなるともう何を聞いても答えは返ってこない。

手持ちぶさたになって、祐太郎は部屋の隅に転がっていたサッカーボールに近づいた。右足の裏で引き寄せたボールを左足と挟んではね上げる。そのまま左右の足の甲だけを使って、小さくリフティングを始めた。リフティングが三百回を超えたころ、圭司が情報をまとめ終えた気配があった。最後にボールを顔の高さまで蹴り上げ、胸の高さで受け止める。そのとき初めて、サッカーボールに小さな文字が書かれていることに気づいた。

『to K』

この事務所にある以上、『K』は圭司だろう。が、『from』の文字はなく、誰からなのかはわからなかった。改めて確認してみたが、祐太郎の目にはそれが古いボールには見えなかった。署名のない誰かは、ボールを蹴られるはずがない圭司にサッカーボールを贈ったことになる。そこに込められたのが、悪意や嫌みなら、圭司だって身近には置いておかないだろう。だとすると、この贈り物にはいったいどんな意味が込められているのか。

祐太郎は圭司を見た。圭司はモグラの画面を祐太郎のほうへ向けたところだった。

「依頼人は安西達雄氏。七十六歳。大手ゼネコンの大堂建設で取締役。その後、相談役まで務めた人だ。依頼があったのは一年前。もともとが舞の顧客で、舞を経由してうちと契約している」

ボールをその場に放って、祐太郎は圭司のデスクに近づいた。

「舞さんの？　さすがセレブ御用達弁護士だね」

「面倒だな」と圭司が不機嫌に呟いた。

「どうして？」

「舞は死亡確認以上を要求する。遺体が火葬されたことを確認するまで、データの削除を認めないんだ。自分の顧客を紹介したときは、そうするように言われている」

「何で？」

「法律上、死後二十四時間は火葬が認められない。その主な理由は蘇生する可能性があるから。だったら、データの削除もそれに準じるべきだってね。火葬を終えるまで、データを削除させてくれない」

「ああ、なるほど。さすが舞さん。一理ある」

「医者が死亡を確認したあとに蘇生する可能性があったのなんて、はるか昔の話だ。今ではほとんどあり得ない。それに……」

「ん？」

「依頼人が、自分の死とともにこの世界から消してほしいと望んだデータを、火葬が終わるまで消せないことになる。それはちょっとな」

首の後ろに手をやり、圭司はため息をついた。が、すぐに気を取り直して、祐太郎に命じる。

「とにかく死亡確認を取ってくれ。死亡しているのなら、火葬も済んだかどうか。内容は任せる。これが安西氏の自宅の番号。こっちが携帯」

祐太郎はスマホを取り出した。

「ええと、大堂建設の、相談役だっけ？」と圭司に確認し、自宅の電話番号へかける。すぐに応対があった。「あ、私、真柴祐太郎と申します。安西様のお宅で間違いないでしょうか？　私、大堂建設時代に安西相談役に大変にお世話になったものなのですが、このたび、ええと、結婚することになりまして、それで、安西相談役にも是非、式に……あ、え？　ええ？　いつのことです？……ああ……そうでしたか、ご病気で。まったく存じ上げずに大変失礼いたしました。お悔やみ申し上げます。お通夜が……はい、ええ……わかりました。お別れに参りたいと……ええ、とんだときに、申し訳ございませんでした。はい、失礼いたします」

祐太郎は神妙な声と表情で電話を切った。圭司が表情だけで結果を尋ねる。

「今朝、死んだって。癌でずっと治療していたんだけれど、先月に入院して、今朝、とうとう」

「そう。今の電話の相手は？」

「息子さん。明後日（あさって）がお通夜、しあさってが告別式だって」

圭司が顔をしかめた。

「しあさってまで、データを消せないのか」

圭司はスマホを手にした。すぐに相手が出て、圭司が口を開いた。

「今、いいか？」

どうやら相手は舞のようだ。紹介してくれた安西氏が亡くなったことを報告したあと、圭司は通夜と葬儀の日程を告げた。

「ああ、わかってるよ。削除は火葬後だな。え？」

圭司は顔を上げ、デスクの前に控えていた祐太郎に聞いた。

「お前、礼服は持ってるか？」

「礼服？　ああ、うん」

「じゃ、それを着て明後日の通夜か、しあさっての葬儀に行ってくれ」

「え？」

「俺の代理だ。香典代はうちで持つ。車も使っていい」

祐太郎に言うと、圭司はすぐにスマホに向かって言った。

「会ったことがないのは、俺もこいつも同じだ。それに、俺が行くと、斎場によっては人の手がいることになる」

それで舞も納得したようだ。その後、しばらくやり取りをして、圭司は電話を切った。

「じゃ、頼んだぞ」と圭司は祐太郎に言った。

礼服には、防虫剤の臭いが染みついていた。祐太郎は前に礼服を着たときのことを思い出した。それは祖母の葬儀で、喪主は祐太郎だった。本来なら祐太郎の父親が喪主を務めるところだろうが、祖母はそれを許さなかった。自分亡きあと、この家の主人は祐太郎であり、ならば自分の葬儀の喪主は祐太郎が務めるべきだと、強く言い残した。遺言にまでそう書かれれば、父親も反対するわけにはいかなかった。祐太郎が喪主となった葬儀に、父親も父親の今の家族も参列した。母親の今の家族は参列しなかったが、母親は参列した。祖母はたぶん、そのために自分を喪主に指名したのだとそのとき気づいた。父が喪主となれば、父の今の家族がそれを手伝う。そこに母はこられない。祐太郎の居場所もない。祖母は、せめて最後にもう一度、かつての家族三人が会える場を作ってくれたのだ。

「大変だったな」と父親は言い、「これからどうするの？」と母親は聞いた。祐太郎はどちらにも「大丈夫だよ」と答えておいた。三人で顔を合わせたのは、それが最後だった。

寂しかった祖母の葬儀に比べ、安西達雄氏の葬儀は盛大なものだった。大きなセレモニーホールの広い会場に生花に彩られた立派な祭壇が作られ、多くの弔問客がやってきた。

すでに通夜の焼香が始まってしばらくがすぎていた。祐太郎は通夜会場の後ろのほうで焼香の順番を待っていた。

祭壇には安西達雄氏の遺影が掲げられていた。優しそうに微笑んでいるが、意志が強そうな目をしていた。この人が、自らの死後にいったいどんなデータの削除を求めたのか。祐太郎は想像してみた。死ぬまでは取っておきたいけれど、死んだら消し去ってしまいたいもの。やはり真っ先に浮かぶのは、性的な何かだった。が、祐太郎には七十代の男性の性欲というものがうまくイメージできなかった。遺族の席に目をやった。喪主は息子さんで、奥さんの姿はない。依頼人より二年早く亡くなったと、舞から聞いていた。その舞は明日の葬儀に所員とともに参列するらしく、今日の通夜にはきていなかった。奥さんがいないのなら、性的なものを他人に依頼してまで消そうとは考えないのではないか、と祐太郎は想像した。だったら、どんなものなのか。実は隠れファンだったアイドルの映像。実はこっそり書いていたロマンチックなポエム。実はひっそりつけていた『いつか殺してやるリスト』。いろいろ考えてみたが、ぴんとくるものはなかった。

やがて焼香の順番がきた。係員に促されて席を立ち、列に並ぶ。焼香台が三台用意されているため、列も三列ある。祐太郎は左の列に並んだ。順番を待ちながら、焼香客の姿を何となく眺めていた。祐太郎の列の焼香台には小柄な女性が向かっていた。遺族の席に一礼し、遺影に向かっても一礼して、抹香をつまんだときだった。重心がぐらりと揺らぎ、彼女は床に膝（ひざ）をついた。

近くの焼香客も、遺族席にいた遺族たちも、咄嗟（とっさ）のことで誰も動けなかった。祐太郎は列を抜けて走り寄ると、女性に声をかけた。

「どうしました？」

声を抑えて聞きながら、女性の肩を支えた。自力で立とうとしたがかなわずに祐太郎に体重を預けた女性は、すみません、と呟き、額に手を当てた。年は三十すぎに見えた。

「出ましょう。歩けますか？」

女性が頷いた。祐太郎は誰にともなく、大丈夫だと、頷いてみせると、女性を連れて、通夜会場を出た。そのまま肩を抱くようにして、控え室へと連れていく。控え室には誰もいなかった。ソファに女性を座らせ、祐太郎はその前に膝をついた。

「何か、飲み物でも？」

ぐったりとうなだれ、額に手を当てていた彼女が、首を振った。

「それより、息子さんを、喪主さんを呼んでもらえますか？」

深いため息とともに、彼女が言った。その口調から、どうやら自分を葬儀会場の係員だと誤解しているらしいと祐太郎は気がついた。が、間違いを訂正するような雰囲気でもなかった。

「さすがに今、喪主様をお呼びするわけには。あの、まだお焼香の最中ですから」

何となく係員のような口調になって、祐太郎は言った。

「だから、いいんです」

顔を上げ、彼女は少し居住まいを正した。

「息子さんと二人でお話できるのは、今ぐらいかと思いますし」

「ええと、どういうことでしょう？」

「私、故人の妻です。ただ、息子さんはそれを知りません」

わけがわからなくなり、祐太郎は同じ質問を繰り返した。

「どういうことでしょう？」

「それをご説明したいので、どうか息子さんをここに呼んでいただけませんか？　息子さんのご家族にも内緒で、息子さんだけを。それがあちらのためにもなるかと思います」

言うべきことは言い終えたというように、彼女はまた顔を伏せて、額に手を当てた。

はあ、と曖昧に応じ、祐太郎は女を残して、控え室を出た。即座に圭司に電話をかける。幸い、圭司はすぐに電話に出た。状況を説明すると、圭司がうなり声を上げた。

「安西氏が死んだのをいいことに、愛人か何かが勝手なことを言っているのか、それとも本当に結婚していたのか」

「どうしよう？」

「どうしようって……ああ、知らんぷりしたら舞が怒るよな」と圭司はぼやいた。

「亡くなったとはいえ、顧客のトラブルだからね」

「遺産絡みの話もあるだろうしな」と圭司はため息をつき、面倒臭そうに言った。

「取りあえず、その女の言う通りにしてみろ。少し時間をくれ。息子さんについての情報を集める。息子さんを案内するとき、スマホをばれないように部屋の中に残しておけ。会話を知りたい」

「わかった」

　祐太郎は通夜会場に入り、壁に沿うように前に進んだ。まだ焼香は続いている。圭司からの指示がなくても、喪主に声をかけられる雰囲気ではない。しばらく待っていると、スマホに圭司からメールが届いた。喪主である、安西達雄氏の息子についての情報だった。名前は安西雅紀。四十八歳。大手商社で部長クラスの役職に就いている。現在は都心近くのタワーマンションで妻子と三人暮らし。父子の間で頻繁な交流はなかったが、それでも折に触れ、近況や体調などを尋ねるメールが雅紀氏から送られていた。それに対する達雄氏の返信から察するに、確執があるようには思えず、ごく当たり前の父子だっただろう、と圭司は書いていた。

メールからさらにもう少し待つと、一通りの焼香が終わった。読経はまだ続いているが、遅れてきた弔問客がぽつりぽつりと焼香台の前にやってくるだけになった。そのまばらな人も途絶えたのを見て、祐太郎は祭壇の脇にいる喪主、雅紀氏のもとに向かった。途中、目が合った係員には親族に、親族には係員に見られるよう、無表情に近い顔で小さく目礼をする。雅紀氏の席に近づけば、近くにいるのは親族だけだ。祐太郎は係員の口調で囁(ささや)いた。

「大変、申し訳ありません。二分だけ、よろしいでしょうか」

雅紀氏が怪訝(けげん)そうに振り返った。大手商社の部長クラスという先入観のせいか、いかにも仕事ができそうな人に見えた。黒縁の眼鏡をかけている。精悍(せいかん)な顔つきをしていた。

不審はもっともだが、それだけ重要な用件だ。そう通じるよう、雅紀氏の視線をしっかりと見つめ返し、小さく頷く。新たに弔問客がくる気配はなく、読経だけが響いている。その様子をちらりと見て、雅紀氏は立ち上がった。近づいてきた係員に、祐太郎は自分から歩み寄り、今度は親族のふりをして、すぐ戻ります、と囁く。係員が一礼して、身を引いた。体をかがめるようにしながら祐太郎は雅紀氏を先導して、通夜会場を出た。

「先ほど、焼香中に具合が悪くなられた女性がいらっしゃいました」

会場を出たところで祐太郎は言った。

「ああ、いたね」と頷いた雅紀氏は表情を曇らせた。「容態が悪いのか？　私は面識のない方だが……」

「いえ。その人は、自分は故人様の妻だとおっしゃっています。その件について話がしたいので、喪主様を連れてきてほしいと。あちらの部屋でお待ちです」

さすがに雅紀氏が絶句した。

「妻って……」

「どなたか呼ばれますか？　こういうことに対処できて、信頼できる方がいれば」

「いや、いきなりそんなこと……」

「そういう動揺も狙ってのことかと思います。相手は喪主様一人を呼ぶように言ってましたが、一人よりは、どなたか別の方を連れられたほうがいいかと。今すぐが難しければ、その方の同席の上で改めて場を設けるとか」

祐太郎としては、舞に連絡するよう暗に勧めたつもりだったのだが、雅紀氏は思案顔になった。

「そうは言っても、そんな人はそうそう……」

その様子からするなら、父親に顧問弁護士がいたことを雅紀氏は知らないようだった。教えようかとも思ったが、『ｄｅｌｅ．ＬＩＦＥ』へ依頼があったことを考えると、安西達雄氏がそれを望むかどうか、確信が持てなかった。祐太郎がためらっていると、雅紀氏が何かを思いついたように顔を上げた。

「ちょっと待っててくれ。連れてくる」

言い置いて、急ぎ足で会場に入った雅紀氏は、すぐ一人の男を連れて戻った。会社の同僚か、故人の友人かを連れてくるのだろうと祐太郎は思っていたのだが、雅紀氏が連れているのは若い男だった。まだ二十代に見える、細面の、瘦せた男だ。

「父の世話をしてくれていたヘルパーの人だ。宇野くんという。週に一、二度は父の家を訪ねてくれていた。最近の父の様子なら、彼が一番よく知っている。やはり父に妻などいないそうだ」

「宇野です」と頭を下げた男は、素性を問うように祐太郎を見て、雅紀氏を見た。問われる前に、祐太郎は二人を先導した。

「どうぞ。こちらです」

控え室のドアをノックし、返事を待ってドアを開ける。女がソファから立ち上がった。

「喪主様をお連れしました。こちらは、故人様のお世話をなさっていたヘルパーの方です」

女が微かに顔をしかめたのを祐太郎は見逃さなかった。女は一瞬でその表情を消し、深々と頭を下げる。

「タカシマユキコと申します」

互いが互いを値踏みしている隙に、祐太郎はスマホのボイスレコーダーを作動させて、部屋の隅のゴミ箱に入れた。

「では、私はこれで」

改めて素性を問われる前に、一礼して控え室を出る。入り口の脇に公衆電話があるのは確認済みだった。そこから圭司に電話をする。

「スマホを仕込んできた」

「わかった。回収してから、こっちに戻ってこい」

電話を切り、祐太郎は控え室のドアが見える位置に身を潜めた。喪主がそこにいる以上、話し合いがそんなに長くかかるはずはなかった。案の定、五分ほどでタカシマユキコが部屋から出てきた。ドアを振り返った顔が、瞬時、忌々しげに歪んだ。ぐっと歯を食いしばったような顔をしたタカシマユキコはドアに背を向けて歩き出し、セレモニーホールを出ていった。直後に控え室から雅紀氏が出てきた。表情は曇ってはいるが、さほど困っている様子はない。足早に通夜会場へと戻っていった。最後に出てきたのが宇野だった。控え室を出たところで、大きくため息をつくように、一度、肩を落とした。それでも吐ききれなかったわだかまりを抱えたような重い足取りで通夜会場へと戻っていく。祐太郎はその姿がドアの向こうに消えるのを待って、控え室にとって返した。スマホを回収し、セレモニーホールを出て、車で事務所に戻った。

スマホには思った以上に明瞭に三人の会話が録音されていた。

祐太郎が控え室を出てすぐに、タカシマユキコは、安西氏が亡くなる二日前に婚姻届を提出したと二人に告げた。ヘルパーの宇野はあり得ないと即座に主張したが、雅紀氏は迷っていた。

「それで、何をお望みです？」

「雅紀さん、何を……」

止めに入ろうとした宇野の声にかぶせるように、タカシマユキコは言った。

「ただ、妻であることを認めてほしい。それ以外は何も望みません」

「具体的には、どういうことです？」

「お骨をください。全部とは申しません。ほんの一部、それで構いません」

「何を言ってるんですか」

叫ぶように言ったのは宇野だった。

「あなたのことなんて、私は安西さんから一言も聞いたことがない。そもそも、ずっと入院していた安西さんの見舞いにだって、あなた、きたこともないでしょう？　私はあなたに会ったこともない」

「いいえ。佐山総合病院へは、たびたびお見舞いに行っていました。達雄さんは、みんなに紹介すると言ってくださったんですが、こんな大変なときにそれもどうかと思い、遠慮したんです」

「それにしたって、お付き合いを誰にも言わないなんてあり得ないでしょう？　こんないきなり結婚だなんて、そんな……」

「いや、宇野くん。実はそうとも限らないんだ」と雅紀氏が言った。「入院するほんの少し前だったかな。電話で話したとき、父がほのめかすようなことを言ったことがある」

「ほのめかすって……」

「女性の存在だよ。気になるというか、どうも好きな人がいるのではないかと私は想像していた。ただし、結婚という話は信じない。婚姻届はあなたが勝手に出したものです。私に一切の相談なくそんなことをするほど身勝手な父ではない。どういうきっかけかは知りませんが、あなたは父に近づいた。お金目当てでしょう。父もそれはわかっていたはずです。とはいえ、それで生前の父が少しは華やいだ思いを抱いたというのなら、あなたを責めるつもりはありません。最後にまとまったものがほしいというのなら、生前の交際に対して幾ばくかお支払いする気持ちもあります。だから、お骨などとしおらしい話はやめましょう。私は婚姻無効の訴えを起こします。あなたは争わず、素直に認めてほしい。その対価はいくらです？」

「雅紀さん、それはよくないです」

「そんな、私、お金だなんて」

宇野とタカシマユキコが同時に叫んだ。

「宇野くん。君の言うことは、その通りだ。が、この手の話はもめればもめるほどこちらに不利になる。タカシマさん、でしたか。言い方がまずかったのなら、こう言い直します。あなたと父とは愛し合っていた。けれど、息子として、その関係は許しがたい。申し訳ないが、あなたと父との婚姻は認められないし、あなたにお骨を渡すつもりもない。その慰謝料として、私はいくらお支払いすればよろしいでしょう」

「そんなものに値段は……」

「喪主が長く席を空けるわけにはいきません。百万。いかがです？」

「雅紀さん……」

悲鳴のように叫んだ宇野は雅紀氏が制したのだろう。しばらくの沈黙があった。

「……五百万」

やがてタカシマユキコがぽつりと言った。

「結構です」

「そんな……」と宇野がうめいた。

「五百万。それで終わりです。今後、この話を私は誰からも耳にしたくない。またこんな話が持ち上がったら、そのときは徹底的に闘います。わかりましたね？」

「……はい」

「連絡先をここへ」

何かしら書くものを渡し、タカシマユキコに書かせたのだろう。しばらくの沈黙のあと、雅紀氏が会談を締めくくった。

「それではお引き取りください。父の葬儀が一段落ついたら、ご連絡します。そのときに振込先を教えてください。それであなたの顔は二度と見ないで済むのでしょうね？」

タカシマユキコが頷いたようだ。

「そう願います」と雅紀氏が言った。

ドアが開け閉めされる音がした。

「雅紀さん、あれでは、あまりにもお父様が……これは名誉の問題です」

「言いたいことはわかるよ。でも、宇野くん。ひょっとしたら父には、結婚の意志が少しくらいはあったのかもしれない」

「私は、あんな女、見たことさえありません」

「君だって、父といた時間は限られていた。それに、父もああいう女の存在は隠すはずだ」

「けれど……」

「家に母に贈った婚約指輪があったはずなんだ。まだ若いころの父が母に贈った、安物の指輪だ。棺に入れようと思って捜したんだが、見つからなかった。もしかしたら、父はあの女に贈ったのかもしれない」

「そんなはずありません。安西さんは亡くなられた奥様のことを、それはもう心から……」

「わかっている。わかっているよ。けれど、現実に指輪は家にはないんだ。安いルビーの石がついた指輪だ。父にとっては思い出の品だから処分するようなことはないだろうし、そもそも値がつくようなものでもない。一時の気の迷いであっても、父があの女にその指輪を渡していたのなら、話はもっと面倒になる。今、ここで、五百万で収まるのなら、そのほうがいいんだ。気分の悪い話を聞かせてしまって、悪かったね」

少し間があり、ドアが開け閉めされる音がした。

「そんな馬鹿な……」

宇野の声だった。怒っているというより、呆然と呟いたような声だった。

「あり得ない」

同じ声で繰り返した。またドアが開け閉めされる音がした。宇野が出ていった音だろう。その後は無音が続いた。

祐太郎は詰めていた息を吐いた。スマホを手にして、再生を止める。

「さすが大手商社の部長さん。六分で収めちゃった」

スマホの画面に出ていた再生時間を圭司に示して、祐太郎は言った。

「六分と五百万な」と圭司は応じた。「有能かどうかは微妙なところだ」

「安西相談役が削除依頼したのは、そのタカシマさんに関するデータなのかな？」

「さあな。知らないよ」

「あ、開けないで消すつもり？」

「だったら何だ？」と圭司は不機嫌に応じた。

「だって、今の話、舞さんが知ったら、舞さんはそのデータ、見たがるだろ？　遺産だって絡む話だ。それを断る？『坂上法律事務所』との提携を切られても、ここ、やっていけんの？」

そんなことは圭司もわかっていたのだろう。忌々しそうに舌打ちをしてから、ため息をついた。

「お前、自分が見たいだけだろ」

「そんなことないよ」

「面倒だな」

もう一度舌打ちをして、圭司はモグラを操作した。

安西達雄氏は死に際して、いったい何を消そうとしたのか。

画面を覗き込もうとした祐太郎は、額にデコピンを食らった。

「邪魔。気が散る」

圭司は画面を睨んだまま、左手で真っ直ぐ前を指した。ドアのようだったが、ソファと取れないこともなかった。

「わかったよ。おとなしく待ってるよ」

殊更不満そうに呟いて、祐太郎はソファに座った。圭司は特に文句は言わず、モグラの操作に没頭した。圭司にとがめられないよう、祐太郎はおとなしくソファで作業が終わるのを待った。時折、「ん」という呟きや、鼻を鳴らす音が聞こえた。表情も険しいままで、緩むことはなかった。どうやらそこには相当意外なものがあったらしいと祐太郎にもわかった。

圭司がモグラから顔を上げたのは、一時間以上あとのことだった。

「ああ、まだいたのか」

ソファに寝転んでいた祐太郎を見て、圭司が言った。

「ひどいな。ここで待ってろって指示したから、待ってたんじゃないか」

「俺が？　指示した？」

「それも忘れたのか？」

不満げに声を上げて、デスクの前に立つ。圭司は小うるさそうに手を振って、祐太郎に画面を向けた。

「安西氏の削除依頼は、パソコンのフォルダにある写真。スマホかパソコンが二十四時間操作されなかったときに削除するよう設定されている」

「写真。へえ。エロいやつ？」

圭司が手を伸ばしてタッチパッドを叩くと、フォルダが開いた。画面にサムネイルが並ぶ。その小ささでも、そういう類いの写真ではないことがわかった。圭司に促されて一枚ずつ確認していく。どれもがスナップ写真だった。高原の別荘地だろうか。すぐに祐太郎も驚きの声を上げた。

「あ、ええ？　もう一人？　安西相談役、もう一人、女がいたの？」

ほとんどの写真に同じ女性が写っている。二十代後半くらい。背が高く、凛としたたたずまいをしていた。帽子をかぶったり、サングラスをしていたりする写真が多いが、それでもかなりの美人であることはわかる。時折、安西達雄氏と二人で写っている写真があり、安西氏一人の写真も一枚だけあった。

「写真のデータからすると、一番古いのが一年半前。一番新しいのが二ヶ月前」

どの写真も同じ場所に見えた。古ぼけた木のベンチ。レンガ調の立水栓。季節によって、いろいろな花が咲いている。二人は季節を変えて何度も同じ場所を訪ねたのだろう。二人の思い出の地ということか。

「安西相談役には、不倫相手が二人いたってこと？」

祐太郎は思いついたままを言った。

「安西氏は二年前に奥様を亡くしている。だから『不倫』ではないな」

「ああ、そうか。じゃ、恋人だ。二股（ふたまた）？　へえ。安西相談役、やるなあ」

思わず楽しくなって祐太郎は言ったのだが、圭司からは冷ややかな声が返ってきた。

「当時、七十四歳のおじいちゃんに二人も恋人ができた？　自分の子供より年下の？　しかも一人は、モデルばりの美人だぞ。そんな美人を、奥さんを亡くしてたった半年で、安西氏は口説き落とした？」

「だって」と祐太郎は画面を指さした。「そういう写真だろ？」

そうとしか説明しようのない写真ばかりだ。

「違う。奥さんを亡くした金持ちの老人のもとに、美人が一人、近づいてきた。これは、そういう写真だ。そして今日の通夜に、もう一人、金目当ての女が現れた」

「ああ」と祐太郎は肩を落とした。「安西相談役、いろいろ残念」

圭司がモグラのタッチパッドを叩くと、プリンターが動き出した。祐太郎は出てきた三枚の写真を手にした。一枚はサングラスをかけた女がレンガ調の立水栓に手を添えるように立っている写真。もう一枚は安西氏にとっても会心の一枚だろう。白い花をつけた木の下に、柔らかなつばの、白い帽子をかぶった女が白いワンピース姿で立っている写真。女ははにかんだ笑顔でこちらを見ている。まるで女優のポートレイトのようだった。最後の一枚はセルフタイマーで撮ったものか。女と安西氏とが並んでベンチに座っている写真だった。

「愛人が二人だったたなら、タカシマユキコの写真だってあっていい。が、フォルダにあったのは、この女の写真だけだ。安西氏の愛人はタカシマユキコではなく、こっちだ」

「二人の女はどういう関係？」

「タカシマユキコが何者か。写真の美人は何者か。それぞれ安西氏とどんな関係か。二人の女に接点はあるのか。それをこれから俺は調べるんだが、お前はどうする？ソファで待ってるか？」

「ああ、いや、お邪魔なようですから、お先に失礼します」

えへへ、と笑った祐太郎を、圭司はもう見てもいなかった。祐太郎はもう一度、失礼しまーす、と声をかけてから、自宅へと戻った。

根津の自宅に着くと、中に明かりが灯っていた。祖母が亡くなってから、祐太郎一人で住み続けている家だ。勝手に入る人は一人しかいない。案の定、家の中では、タマさんを腹に乗せて、藤倉遥那が畳で大の字になっていた。自分が万一、家に帰れなかったとき、タマさんの世話を頼むため、遥那には家の鍵を預けていた。

「あ、お帰り、祐さん」

ネクタイを取って、上着を脱いでいたせいで、遥那はそれが礼服だと気づかなかったようだ。

「うん。久しぶりだね」

寝転んでいる遥那の頭のすぐ側に立ち、祐太郎は遥那の顔を逆さに見下ろした。遥那は、かつて祐太郎が暮らしていた家の隣に住んでいた。妹と同級生だったこともあって、家にはよく遊びにきた。つんと尖った鼻をした小生意気な顔の女の子は、笑ってしまうくらいにそのまま大きくなって、つんと尖った鼻をした小生意気な顔の二十三歳の女性になった。

「んーと、疲れてる？」と祐太郎は聞いた。

「そうでもないけど」と言って、遥那は物憂げに手を上げた。

「おいしいポークチャップを作ってくれたら、祐さんのいいところを三つ見つけて褒め称えてあげる」

指さしたテーブルにビニール袋が置いてある。中身は豚肉だった。祐太郎はいったん二階に上がり、部屋着に着替えてから、台所に立った。袖をまくって手を洗い、キッチンペーパーで肉の表面の水分を拭き取り、包丁の先で筋を切っていく。

「今日も患者さんが亡くなった」

祐太郎は振り返った。遥那は腹に乗せていたタマさんを両手で持ち上げていた。睨めっこを挑むようにタマさんを見ている。タマさんは助けを求めるように祐太郎を見ていた。

「病院だ。治る人もいれば、治らない人だっているだろ」

さっきの通夜を思い起こして、祐太郎は言った。

「うん。いちいち落ち込んでいるときりがない。わかってる」

祐太郎は料理に戻った。肉に塩こしょうをして、フライパンを温める。

「その人が亡くなってしばらくして、担当だったドクターに聞かれた。彼氏いるのかって」

祐太郎は振り返った。遥那はまだタマさんに睨めっこを挑んでいて、タマさんはまだ祐太郎に助けを求めていた。

「そう」と祐太郎は言った。

「そんなことが何だっていうの？　私に彼氏がいるかとか、それが何人目の彼氏だとか、週に何回セックスしてるとか、そういうこと、どうして今日、聞くのかな？」

フライパンに肉を置いた。いい音がした。後れて、いい匂いが漂い出した。

「医者がそう聞いたの？」

「聞いたのは、最初の一つだけだけど、知りたいのはそういうことでしょ？　それで、彼氏とまぐわう私の姿を想像したいんでしょ？」

「まぐわう」と祐太郎は苦笑した。

妹の時間は中学生で止まったが、遥那の時間は動いている。わかっていても、ときどき祐太郎は遥那を妹の時間の中に閉じ込めてしまうことがある。そこで生まれるギャップには、一人で苦笑するしかない。

「悲しさや悔しさのそらし方は人それぞれだよ。新人看護師をからかってそらしたい人だっているだろう」

肉を裏返して振り返ると、遥那は天井を見上げていて、解放されたタマさんが祐太郎の足下に逃げてくるところだった。

「祐さんは人をきれいに見すぎている」と、やがて遥那は言った。

「そうかもしれないね」と祐太郎は頷いた。「冷凍庫に残り物のご飯が凍っているから、チンして」

　ポークチャップを仕上げて、簡単なサラダを作り、食卓に並べた。タマさんの食事も用意して、みんなで食べ始める。食事が進むにつれて、遥那の表情は和らいでいった。小さいころから、遥那は胃袋と感情が密接につながっていた。

「祐さん、今は何の仕事をしてるの？」

「会社勤め。ＩＴ関係」

「え、それは何の冗談？」

「これが冗談じゃないから驚きだろ？　まあ、社長と俺しかいない会社だけど」

「ふうん。社長、いい人？」

「わからないけど、悪い人ではないと思う」

「どうしてそう思うの？」

　問われて、祐太郎は考えた。

「あの人が本気で悪いことをしようと思ったら、きっとものすごくひどいことができるだろうから」

「たとえば、どんなこと？」

「人の秘密をがんがん暴いちゃったりとか」

遥那はそういう人のことを天井に思い描いているようだった。

「そう。怖い人なんだね」

やがて天井から視線を戻して、遥那は食事を続けた。間違ったイメージが伝わったようには思ったが、かといって、どう訂正すればいいのかもわからず、祐太郎は話を変えた。

「そっちは？　親父さんとお袋さん、元気？」

「元気だよ。一人娘が手を離れたんで、二人して遊び歩いてる。だから、家に帰っても一緒に食事をしてくれる人がいないのよ」

「食事を作ってくれる人が、だろ？」

「それもある」と遥那は頷き、にまっと笑った。子供のころと同じ、小生意気そうな笑顔だった。子供のころ、その笑顔の隣には、いつだって、もう一つ、眩しい笑顔が並んでいた。不意に感じた息苦しさを祐太郎は笑い返すことで誤魔化した。

食事を終えると、一時間ほどタマさんと遊び、「おいしいポークチャップを作れる。おいしいサラダも作れる。洗い物が早い。すごい、すごい、祐さん、すごい」と玄関先で六回、手を叩いてから、遥那は帰っていった。祐太郎の顔を見にきているようでもあり、自分の顔を見せにきているようでもあり、タマさんと遊ぶためにきているようでもある。が、実際は妹に会いにきているのだろうと祐太郎は思っていた。祐太郎自身、遥那が帰ると、いつも二人分の気配が消えたように感じてしまう。

「お前はいい友達を持ったな」

呟いた祐太郎の腕の中で、タマさんがミュアーとあくびをした。


翌朝、祐太郎が事務所に行くと、圭司がデスクで頬杖をついていた。昨日別れたときと同じ服装をしている。祐太郎に向けた目は充血していた。どうやら徹夜仕事だったようだ。

「ええと、何かわかった？」とデスクの前に立って、祐太郎は聞いた。

「ああ。タカシマユキコについてはね。ある程度わかった」

億劫そうに言うと、圭司は三つ並んだモニターの一つを祐太郎のほうへ向けた。

「安西氏に送ったメールがパソコンに残っていた。勤め先まで書いてあったから、検索したら出てきたよ。この女だろ？」

モニターに出ているのは、『浮田葬儀社』という会社のホームページだった。葬儀の流れやマナーを写真付きで解説しているページがあり、何人かのスタッフもそこに写っている。そのうちの一人が昨日の女だった。

「ああ、うん。そう。この人」と祐太郎は頷いた。

別のページにスタッフのプロフィールが紹介されていた。高嶋由希子、葬祭ディレクター一級。

「葬儀屋さんなんだね。昨日のお通夜の？」

「違う。昨日の通夜と今日の告別式を取り仕切っているのは別の葬儀社。高嶋由希子が勤める『浮田葬儀社』は、二年前、安西氏の奥さんの葬儀をした会社だ」

「ああ。安西相談役が喪主で、それで知り合ったっていうことか」

「そうなんだろうな。けど、この女、かなりタチが悪い」

　圭司がモグラを引き寄せて、キーボードを叩き、画面を祐太郎に向けた。いくつかのメールがあった。一番手前にあるのは、二年前、葬儀直後に高嶋由希子から安西氏に送られたものだった。

「最初は儀礼的なメールだ。葬儀を終えたあとの挨拶状。その後は法要についてのアドバイス。それから季節の折々に近況伺いのようなメールを送っている。まあ、ここまでは時々の法事や法要の際に自分の会社を使ってもらえるよう、顧客をつなぎ留めておくための営業メールとも受け取れる」

　圭司は画面上にあったメールを次々に繰っていった。

「文面も礼儀を心得たものだし、季節の変わり目には、ほら、中原中也の詩を引いたりしていて、軽く教養も感じさせる。なかなか読ませるメールだよ。安西氏も毎回、丁寧なメールを返している。ところが一周忌が終わった辺りから、メールの文章が変わっていく」

　祐太郎は画面に出たメールを読んだ。アドレスは会社のものからフリーメールに変わっていて、休日にどこへ出かけたというようなプライベートなことが綴られていた。次のメールでは、好きな映画について書いてあった。

「メールの回数も増えていくし、内容も段々踏み込んだものになっていく」

　自分には離婚歴があり、男性に対して臆病になっていること。それでもたまにまた男性と付き合ってみたいと思うときもあること。次に恋愛をするのなら、ずっと年上の落ち着いた人がいいと思っていること。複数のメールに散らして、そんな言葉が書いてあった。

「やるなあ」

　それらのメールをざっと読んで、祐太郎は感心した。

「ここまで手間と時間をかけられたら、ころっといっちゃうよな」

「ましてや、奥さんを亡くした孤独な老人だったら、一たまりもないだろう」

「安西相談役も？」

「ところが安西氏はかからなかった」

　圭司が違うメールを画面に出した。安西氏から高嶋由希子へのメールだった。そこには、一周忌も終わり、気持ちも一段落ついたので、これ以上の気遣いは無用であることが簡潔に書かれてあった。それでもやってきたメールに対しては、目の疲れもひどく、パソコンに向かう時間も減っているので、メールをもらっても、返信を失礼することが増えるだろうと返していた。

「それ以降も高嶋由希子はメールを送り続けている。安西氏は三通に一度くらいの割合で返信していたけれど、ついに先月だ。入院するからもう返信はできない、今後の連絡は無用だとかなり強い口調で断っている。その後も高嶋由希子から、体調を尋ねるメールが届いているけれど、一切、返信はしていない」

「ここまでくると、何だかストーカーみたいだな」

「安西氏にしてみれば、そう感じただろう。もっとも高嶋由希子が固執したのは安西氏ではなくお金だけどな」

「婚姻届とか言ってたのは？」

「息子の雅紀氏が言っていたように、高嶋由希子が勝手に出したものだろう。婚姻届は、提出されれば自治体は受理してしまう。安西氏の本籍地の自治体に出せば、戸籍謄本すら必要ない」

「安西相談役の本籍地はどうやって？」

「奥さんを亡くしたときに、安西氏は死亡届を出しているはずだ。死亡届には届出人の本籍も書くことになっている。葬儀社なら、手続きのアドバイスもするだろうし、そのときに知ったんだろう」

「それで勝手に婚姻届を出しちゃったんだ。悪い人だなあ」

「お前が思うよりずっとタチの悪いやつだよ。おそらく高嶋由希子は病院を張っていた」

「え？」

「最後のメールで、安西氏は、妻と同じ場所から旅立てるのなら、と少し自虐気味に書いている。相応の覚悟をしての入院だったのだろうし、しつこくメールを送ってくる高嶋由希子に対して、もうつきまとわないでくれという宣言のつもりでもあったんだろう。けれど、奥さんの葬儀をした葬儀社の人間なら、その一言で安西氏の入院先がどこの病院かわかったはずだ。高嶋由希子は入院した安西氏を定期的に見張っていた。容態を確認しながら、タイミングを見て婚姻届を出し、氏が死去すると、葬儀の日程を調べ、乗り込んだ。そうでもしなければ、通夜の場にこられるはずがない」

「たびたびお見舞いに行っていた、っていうのは、まったくの嘘でもないわけだ。なるほど。それだけ苦労したから、百万じゃ物足りなかった。吹っかけたのはそういうことか」

「もっと取るつもりだったんだろう。本気で遺産を狙っていたのかもしれないな。ところが、息子の雅紀氏が予想以上に世慣れた人だった。裁判になれば、勝ち目は薄い。

それどころか、余罪が出てくるおそれもある。高嶋由希子は葬儀社の社員であることを利用して、これまでも似たようなことをやってきたはずだ。初めてにしては、手際がよすぎるからな」

妻の死をきっかけに、安西達雄氏は結婚詐欺まがいのことを繰り返している女、高嶋由希子と接点を持ってしまった。

「なるほどねえ。安西相談役も、嫌な人と知り合っちゃったもんだね」

安西達雄氏と高嶋由希子の関係はわかった。では、あの写真の女はそこにどう絡むのか。その説明を求めて、祐太郎は圭司を見た。途端に圭司の目がどんより曇った。

「ああ、問題はこっちだ。わかってる」

圭司は画面を自分のほうへ戻し、充血した目で眺めた。

「こっちこそが、安西氏の本当の愛人だった。写真からするならそのはずなんだ。それなのに、この女に関することが、安西氏のパソコンからまったく出てこない。安西氏自身が削除したデータもあさってみたが、この女に関するものは何もなかった」

女の写真が映るモグラの画面を圭司は不機嫌に指で突いた。

「パソコンだけじゃない。さっきまで安西氏のスマホは生きていたから、それも調べた。けれど、この女はどこにもいない。送ったメールも、受けたメールもない。通話履歴にもない。それどころか、電話帳にもそれらしい名前がない。安西氏はメッセージアプリは使っていなかったし、SNSもやっていなかった。じゃあ、いったいこの女は、どうやって安西氏と連絡を取っていたんだ？」

「固定電話、とか？」と祐太郎は言った。

自信はなかったのだが、圭司は乱暴に頷いた。

「そうなんだろう。というか、そうとしか考えようがない。でも、何で固定電話だけなんだ？　出先からスマホでかけたいときだってあるだろうし、たまにはメールで連絡したいときだってあるだろう。何で安西氏はかたくなに固定電話でしかこの女と連絡を取らなかったんだ？」

「さあ」

「もう一つ。興味深い映像があった」

圭司がモグラをいじって、また画面を祐太郎に向けた。男の顔がアップで映っている映像が始まった。恰好から宅配業者だとわかった。数秒で男は画面から消え、映像も終わった。すぐに次の映像が始まる。映っているヘルメット姿の男は郵便配達員らしかった。

「何、これ？」

「安西氏の家のインターホンの映像だ。防犯機能がついていて、インターホンのボタンを押すと、映像が自動的に録画される。録画したハードディスクとパソコンがつながっていた。これが昨日のヘルパーだろ？」

郵便配達員の映像の次に出てきたのは、昨日会った宇野の顔だった。

「ああ、うん。そう。宇野くん」

その後も、次々に来訪者が映し出された。日付と時刻が画面下に出ている。安西家には、二、三日おきにしか来訪者がなかったことがわかった。そのほとんどが宇野で、あとは宅配業者、郵便配達員、ごくたまに何かの営業員らしき人が映っていた。

「ディスクがいっぱいになったら古いものから消される設定なのに、ほとんど来客がないせいで、ずいぶん前のものまで残っている。それでもこの女は登場しない。つまり、女は一度も安西氏の家を訪ねていない」

「面白いね」と思わず祐太郎は呟いた。

「何が？」と圭司が不機嫌に返す。

「ああ、いやあ、ほら、たとえばスマホ」

「スマホ？」

「うん。喋ったりするだろ？　Ｓｉｒｉとかさ。人間みたいに。あと、俺はやらないけど、ゲームでキャラを育成したりとか、みんな、結構、夢中になってやってるよな？　他にも、ただのデジタルデータが生きている人間みたいに感じられるときって、あるだろ？」

「それが？」

「逆にデジタルデータがないと、生きている人間でもいないみたいに感じる。この人みたいにさ。安西相談役のフォルダの中以外に、この人の痕跡はどこにもない。写真の中だけにしかいない人みたいだ。俺たちがフォルダを消したら、この人を丸ごと消してしまうような感じがする」

一瞬、虚をつかれたような顔になったが、圭司はすぐに呆れた顔で鼻を鳴らした。

「この女はどこかにいるよ。どこかで何かを企んでいる」

「企んでいる、のかな？」

「だからここまで身を隠すんだろう。この女は一年半もの間、安西氏と付き合いながら、慎重に完璧に身を隠した。この女に比べれば、あっけなく身元の割れた高嶋由希子なんてかわいく思えてくる。この女が何をするつもりかは知らないけど、その前につぶすぞ。取りあえず、告別式だ。家に帰って、喪服に着替えて、ほら、行ってこい」

しっしっと追い立てられ、事務所のドアを開けてから、祐太郎は圭司を振り返った。

「あの、社長。でも、この女、くるかな？」

デスクの向こうからじろりと祐太郎を睨みつけ、圭司はすぐに視線を外した。

「何かあったら連絡しろ。何かわかったら連絡する。取りあえず、俺は寝る」

どうやら圭司もそこに女が現れるとはあまり思っていないらしいとわかった。ただ他に当てがないのだ。

「お疲れ様です。行ってきます」

またしっしっと手を振られ、祐太郎は事務所をあとにした。

告別式は昨日の通夜と同じセレモニーホールで営まれていた。祐太郎は受付の近くに立ち、やってくる弔問客をチェックした。雅紀氏と宇野に見咎められないよう警戒していたのだが、喪主である雅紀氏が受付までくることはなかったし、宇野も姿を見せなかった。舞は所員と思しき男を一人連れて、弔問にやってきた。

「話はだいたい聞いた」

祐太郎を見つけて近づいてきた舞は、そう囁いた。

「取りあえず、その女を捕まえて」

「ういす」と祐太郎は頷いた。

遅刻してくる客がぱらぱらといた通夜とは違い、告別式の開始時刻である十一時をすぎると、弔問の客足は途絶えた。祐太郎は建物の外に出て、スマホを確認した。が、圭司から連絡はなかった。祐太郎はそのままエントランス近くで待ち続けたが、結局、告別式が終わっても、女はやってこなかった。ホールの前に停められた霊柩車に棺が運び込まれるのを祐太郎は少し離れたところから見守った。会葬者に雅紀氏が挨拶を述べ始める。雅紀氏と目が合わないよう、祐太郎はそちらから視線をそらした。そのときに気づいた。

遠く、駐車場の向こう側。セレモニーホールの敷地の入り口に一人で立つ、場違いな真っ白の女性。白い帽子、白いワンピース、白いパンプス。長い黒髪が風になびいている。やがて彼女は深々と頭を下げた。祐太郎はその先に目を向けた。プォーンと霊柩車がホーンを鳴らす。会葬者たちが手を合わせる。霊柩車がゆっくりと走り出す。その一連の動きに気を取られた祐太郎が視線を戻したとき、白い女性の姿はその場から消えていた。

祐太郎は慌ててそちらに走り出した。敷地を飛び出し、道路を見渡すが、女の姿はすでにない。右に少し駆けて、思い直して、逆方向に走り出した。が、すぐに諦めた。女はどこにもいなかった。思わず天を仰いだ祐太郎の脇を安西達雄氏の遺体を乗せた霊柩車が走り去っていった。

祐太郎はスマホを取り出した。

「女がきた。けど逃げられた。ああ、いや、逃げたんじゃないな。俺が勝手に見失った」

「女は何をしにきたんだ？」

「わからない。出棺を遠くから見送っただけだったみたいだけど」

「そう。まあ、よかったじゃないか。実在が確認できて」と圭司は言った。

「どうしよう？」

「その様子なら、少なくとも当面、何かを派手に仕掛けるつもりはないんだろう。じたばたしても仕方ない。戻ってこい」

「あの、怒らないの？」

「お前を怒ったら、状況が変わるのか？」

圭司は呆れたように言った。

事務所に戻って圭司と話し合い、祐太郎は安西氏の自宅近辺を歩き回ってみたが、女に関する手がかりはつかめなかった。圭司が安西氏のパソコンのデータをもう一度、徹底的に調べてみたが、それも徒労に終わった。

「手がかりなしか」と祐太郎は言った。

「この先、何もなければ、それで問題ないんだけど、どうにも据わりが悪いな」と圭司はため息をついた。

「データは？　消すの？」

「火葬が終わったんだ。消すさ」

圭司は言って、モグラを操り、フォルダを消去した。昨日、圭司がプリントアウトした写真が三枚、デスクに載っていた。祐太郎には、彼女が最初からこの写真の中にしか存在していなかったように感じられた。

　高嶋由希子の記事がネットに上がったのは、その翌日のことだった。


「昨夜、十時ごろ、渋谷区の路上で、会社帰りの女性が通りすがりの女に刺され、搬送先の病院で死亡した。亡くなったのは、同区の会社員、高嶋由希子さん、三十一歳。搬送中、高嶋さんは、知らない女にいきなり刺されたと救急隊員に証言している。目撃者によると、高嶋さんの前から歩いてきた女は、すれ違った直後に、背後から高嶋さんの腰の辺りを刺し、逃走した。女の年齢は二十代から三十代。身長、一六五センチくらい。白いワンピースに白い帽子をかぶっていた。警察は通り魔事件と見て、女の行方を追っている」

　ネットの記事を読んで、祐太郎は圭司を見た。事務所にやってきた祐太郎にニュースサイトの画面を向けたきり、圭司はずっと仏頂面で野球ボールを壁に向けて投げていた。

「何で、あの写真の女が、高嶋由希子を刺さなきゃいけないんだ？」と祐太郎は聞いた。

「高嶋由希子は安西氏の財産を狙って、一方的に言い寄っていた。安西氏からそれを知らされていた女は高嶋由希子のことを快く思っていなかった」

ボールを壁に投げて、圭司は言った。壁に当たったボールは、床に二回バウンドして、圭司の胸元に返ってくる。

「だからって、刺す？」と祐太郎は聞いた。

「刺さないよな。安西氏が生きていたころならまだあり得るけれど、死んだあとに刺す理由はない。もしあるとしたら、その後の高嶋由希子の振る舞いに腹を立てた場合だ。高嶋由希子は、実際に愛人だった自分を差し置いて、妻を装い、金をせびった。自分がこれから金をせびろうとしても、もううまく事は運ばない。だから腹を立てた。あるいは、その金を巡ってトラブルになったのかもしれない」

まるで機械仕掛けのように圭司は同じ動作を繰り返し、同じ動作から投げられたボールは同じ軌道を描いて圭司の胸元に返ってきた。

「うん。でも……」

「そう。でも、高嶋由希子が金をせびったことを知っている人間は多くない。お前と安西雅紀氏とヘルパーの宇野。この三人だけだ。この三人の誰かが、写真の女と通じていたことになる。誰だ？」

「宇野くん、かな」

「状況を考えれば、そうだろう。でも、宇野とこの女はどこでつながっている？　どういう関係だ？　二人は共犯者で、実は何かもっと大きなプランがあった。そういうことか？」

「さあ。あ、そういえば、宇野くん、告別式にはきてなかったな」

壁当てをやめて、圭司が祐太郎を見た。

「宇野がきてなかったのか？」

「見つかって、身元を確認されたら面倒だから、息子さんと宇野くんだけは避けようと思って注意していた。絶対にいなかったかって言われると自信がなくなるけど、少なくとも、みんなが棺を見送ったときには、確かにいなかったよ」

「宇野は隠れてこの女と会っていた？　女はそのときに宇野から高嶋由希子の話を聞き、殺意が芽生え、会社帰りを狙い、刺した」

「うーん。でも、女のほうは告別式にきてる。隠れて会うにしたって、宇野くんも式にはこられたはずだ」

圭司は頷き、また壁にボールを投げ始めた。

「女と会うにしてもこられたはずの宇野がこなかった。最近の安西氏に、実の息子さんよりも近かった宇野が……」

やはりツーバウンドで返ってきたボールをぱしっと受け止め、圭司は言った。

「いや、いたのか？」

「いやあ、いなかったと思うけどなあ」

そう言った祐太郎に構わず、圭司は女の写真の一枚を取り出し、しげしげと眺めたあと、祐太郎に突き出した。女が一人で写っている二枚のうち、帽子をかぶったほうだ。比較的、顔がはっきりと写っている。

「スキャナ」

指さして、自分はモグラに向かう。祐太郎は渡された写真をプリンターの隣にあるスキャナに読み取らせた。モグラの画面を覗くと、圭司は何かのソフトを立ち上げ、インターホンで撮られた宇野の顔を取り込んでいるところだった。

「それ、何？」

「顔認識ソフト。顔の輪郭から頬や顎の骨格を割り出し、顔のパーツの座標位置を検出して」と説明しながら、圭司は女の写真もソフトに取り込んだ。「顔の同一性を判断する」

ソフトが二つの顔を分析する。顔の輪郭、目頭、目尻、鼻の先端、眉間、口の両端、耳の付け根の上と下。それらが線で結ばれ、デスマスクのようなものを描写していく。

「それほどの精度ではないけれど、このレベルの比較ならエラーは出さない」

やがてソフトは、できあがった二つのデスマスクが同一であると主張した。

「え？　これって……」

「ああ。二人は同一人物。宇野が写真の女だ」

「は？　はあ？　宇野くん、女なの？」

「そういうことは言ってないと思うぞ」

　圭司がどこかへと発信させたスマホを祐太郎に差し出す。

「宇野のデータなら安西氏のパソコンにいくらでもあった。勤め先の訪問介護事業所。出勤しているか確認してくれ」

「あ、ああ。わかった」

　かつての利用者の家族を装い、祐太郎は宇野が今日、欠勤していることを聞き出した。

「休みではなく、欠勤って言ってたから、出勤するはずがきてないってことだろうね」

　祐太郎からスマホを受け取った圭司は、ハンドリムを手で回して、車椅子を前に進めた。

「宇野の家に行くぞ。世田谷（せたがや）だ」

　祐太郎と圭司は車で世田谷に向かった。宇野の家は、駅から少し歩いた、大きな公園にほど近い単身者用アパートの一室だった。二階建ての二階部分で、もちろんエレベーターなどない。祐太郎は圭司を車に残して、一人、部屋に向かった。インターホンを押しても応答はなく、中に人の気配もなかった。祐太郎はスマホを取り出して、圭司にそう伝えた。

「鍵、開けられるか?」

祐太郎は鍵とドアとを見比べた。華奢(きゃしゃ)な造りのアパートだったが、鍵そのものは簡単に開くタイプのものではなかった。

「できないことはないけど、バールでこじ開けたほうが早いよ。やる?」

「バールがあるならな」

「いや、ないけど」

祐太郎に聞かせるためのような舌打ちが聞こえた。

「いったん、切るぞ。ドアに耳、つけとけ」

祐太郎はドアに耳をつけた。何も起きなかった。ほどなく、圭司から電話がかかってくる。

「今、宇野の携帯番号に電話した。何か聞こえたか?」

「ああ、いや。何も」

「じゃ、そこにはないんだろう。宇野は留守だ。戻れ」

薄いドアだ。振動音だけだとしても、聞き取れたはずだった。祐太郎は車に戻った。

「次はどこへ?」

だ。ヘルパーなら安西氏の家の鍵を持っていても不思議はない」

「安西氏の自宅」と圭司が答えた。「人を殺した宇野が逃げ込める先は多くないはず

　祐太郎は車を走らせた。安西氏の自宅にはそこから三十分ほどで着いた。少し離れた道路脇に車を停める。

「それ、スロープだ。持っていってくれ」

　後ろに積んであった横長のアタッシュケースのようなものを圭司が指さした。祐太郎はそれを持って、圭司とともに安西氏の家に向かった。広い幅の道路に大きな邸宅が建ち並んでいる。道の右側が南なのだろう。右手の家は道に迫って、左手の家は道と広い庭を挟んで建っている。安西氏の家は右手にあった。駐車スペースだけを挟んで玄関がある。インターホンを鳴らさずに玄関に向かい、祐太郎が玄関ドアの取っ手をそっと引いた。

「鍵、かかってない」

　圭司が頷き、祐太郎は静かに玄関ドアを開けた。中にいるのが息子の雅紀氏だったら言い訳に苦しむところだったが、たたきに揃えられていたのは白いパンプスだった。圭司と目配せを交わす。アタッシュケース状のものを広げると二メートル半ほどのスロープになった。それを使って圭司が家に入るのを待ってから、スロープを畳み直し、自分も靴を脱いで、静かに家に入る。

玄関ホールの先のドアを開けると、広いリビングだった。カーテンが引かれているせいで薄暗い。そのリビングのソファで白いワンピース姿の人が眠っていた。一見、女性にしか見えない。が、近づいてまじまじと見てみれば、その肌は男のものだった。口の周りにはひげもうっすらと生えている。傍らに白い帽子と長い黒髪のウィッグが落ちていた。腹のところで重ねた手の、左の薬指には指輪があった。振り返ると、圭司が一つ頷いた。

「宇野くん」

祐太郎は恐る恐る声をかけた。宇野が目を開けた。自分を見下ろす祐太郎を認めて、一瞬、困ったような顔をした宇野は、やがて小さく微笑んだ。

「ああ。あなたは、確か……いえ、名前は聞いてませんでしたね」

そう言いながら、宇野は体を起こし、ソファに座り直した。圭司にも気づき、軽く頭を下げる。

「真柴。真柴祐太郎。この人は坂上圭司」

「あなたたちは何者なんです？」

詰問ではない。純粋に不思議そうに小首を傾げて宇野は尋ねた。少し距離を取り直した今、祐太郎の目に、その仕草は女性のものにしか見えなかった。質問に答えあぐねていると、圭司が応じた。

5
2018
発見!
角川文庫
ハッケンくん

発見！角川文庫

最新刊

毎月25日の発売です。

都合により定価が変更される場合があります。ご了承下さい。（平成30年5月現在の定価）

dele
ディーリー

本多孝好

この世を去るものがdele（＝削除）を願った、ある〈記録〉。そこに込められた切ない想いとは？

定価（本体６４０円＋税）

ドラマ
『dele』７月放送スタート！
テレビ朝日系金曜よる11：15～
※一部地域を除く
出演：山田孝之 菅田将暉　原案・脚本：本多孝好

三毛猫ホームズの降霊会

赤川次郎

３年前の未解決事件の犯人を、被害者の霊に聞くことに!?　超人気シリーズ第41弾。

定価（本体６００円＋税）

夜ごと死の匂いが

定価（本体６４０円＋税）

発行　株式会社KADOKAWA

「安西達雄氏から仕事を依頼された者だよ」

「安西さんから？　いったい何の仕事を？」

「あんただよ。あんたを安西氏の人生から削除するよう依頼された」

圭司の言葉にぽかんとした宇野は、やがて口元だけで笑った。

「私を？　私はもともと安西さんの人生に入り込んでなどいない。削除も何もないでしょう。ただのヘルパーです」

「ただのヘルパーの恰好には見えないけどな」

「それは私が男だと思うからでしょう？　私が女だったら？　この恰好は変ですか？」

真っ直ぐな視線で問われ、圭司がわずかにたじろいだ。が、宇野はそれ以上押すことはしなかった。

「ええ。わかってます。変なんでしょうね。でも、私にとってはこっちのほうが自然なんです。それを知って安西さんは自然のままでいいと言ってくださいました。自分の前でだけは、自然に振る舞って構わないと」

「トランスジェンダー？」

「そう呼んで収まりがいいなら、そうしてください。私にとっては、ただ自分はこうであるというだけのことです」

宇野と圭司が見つめ合った。先に視線をそらしたのは、圭司のほうだった。息苦しくなり、祐太郎は外の空気を入れようと、そちらに歩いていって、カーテンを開けた。部屋に日の光が差した。その先のレースのカーテンも開け、ガラス戸に手をかけて、祐太郎は思わず声を漏らした。

「ああ」

ガラス戸の向こうは広い庭だった。芝生には古びた木のベンチがあった。隅にはレンガ調の立水栓。今、花はついていないが、正面に植わっている木に見覚えがあった。

圭司を振り返ると、圭司も庭を見ていた。視線を宇野に戻して、圭司は言った。

「安西氏がそうしていいと言ったから、あんたはこの家にくると、女性の姿に着替えた」

「ええ。ここでだけ、安西さんの前でだけ、私は私のままでいることができました」

「なぜ高嶋由希子を刺した？」

圭司を見やってから、宇野は自分の手元に視線を落とした。指輪を隠すように、右手で左手を覆う。

「あまりにも馬鹿にした話だからです。安西さんは高潔な人です。亡くなった奥様を心から愛されてもいた。その安西さんの最期をあの女は汚した。奥様への愛も汚した。何の権利もなく。ただ金のために。黙って見ていられるはずがないでしょう？」

「好きだったんだね、安西相談役のこと」

祐太郎が言うと、宇野の声が尖った。

「変なことを言わないでください。それこそ、安西さんに対する侮辱です。あの人は私なんかが好きだの嫌いだの言える人ではない」

「何だ。言わなかったの？　もったいないな」

「もったいないって……」

言い返しかけてから、幼稚な子供を持てあましたように宇野は苦笑した。

「だって、指輪」と祐太郎は言った。「奥さんへ贈った指輪。安西相談役は君に贈ったんだろ？」

「違います、違います」と宇野は首を振った。「これは写真を撮るとき、戯れに貸してくれたんです。似合うんじゃないかな。安物だけど、つけてみたらどうかと。つけて、写真を撮って、そのまま私が返すのを忘れて、持って帰ってしまったんです」

「持って帰ったきり、返さなかった。安西相談役から受け取ったのが嬉しかったからだ」

「違う。あの人は私なんかが思いを寄せられる人では……」

「じゃあ、どうして安西相談役は返せと言わなかったの？」

「それは、安西さんもきっとそのまま忘れていて……」

「まさか。奥さんに贈った、大事な指輪だよ。忘れるわけがない。返せと言わなかったのは、安西相談役は、君に持っていてほしいと思ったからだ」

「そうだとしても、それは同情で、指輪なんて贈られたことのない私を哀れんで……」

「だったら、新しいものを買うよ。大事な指輪を同情で人に贈ったりしない。安西相談役は」

「やめて」

宇野が叫んで、立ち上がった。祐太郎が黙って見つめ返すと、その視線を避けるように顔を手で覆い、ソファに腰を落とした。

「その指輪、安西相談役は君にどう渡したの？」

祐太郎の問いかけに応じる声は弱々しかった。

「やめてください。お願いだから」

「ぽいと渡したわけじゃないよね？　大事な指輪だ。大事に渡したはずだ」

両手で顔を覆ったまま、宇野が激しく首を振った。

「大切な恋人に渡すときのように。きっとかつて妻になる女性に渡したときのように。君の手を取って、自分で君の指に」

宇野が泣き崩れた。

「だから君は返さなかった」

「そうですよ。まるで愛する女性に捧(ささ)げるように、安西さんは私の指に指輪をはめてくれました。入るはずがないと思ったんです。女性用の指輪が、私の指に入るはずがないと。でも、入った。それはまるで私のための指輪のように、ぴったりと。そして……」

――ほら、よく似合う。

「安西さんはそう微笑んでくれました。その瞬間をいつまでも忘れたくなくて、私はこの指輪を返さなかった。そんなに大事な指輪だとは知らなかった」

『そんな馬鹿な……』、『あり得ない』。

祐太郎は宇野がそう呟いたことを思い出した。あれは高嶋由希子のことでなく、指輪のことだったのだ。そんなにも大事な指輪だったことを、宇野は初めて知り、愕然(がくぜん)とした。

「君のための指輪だったんだよ。安西相談役は、君に贈るために、指輪のサイズを直したんだ」

たぶんそれは、老いた紳士の秘めた告白だった。

宇野はしばらく何も言わなかった。ソファの上、自分の膝に突っ伏すようにして頭を抱える宇野を窓から差し込む日の光が照らしていた。

「それでも安西さんは自分の人生から私を削除したかったんですね？」

やがて宇野はのろのろと顔を上げ、祐太郎に問いかけた。

「具体的には、何を依頼したんです？」

寂しげな笑顔だった。答えを口にできず、祐太郎は宇野から視線をそらした。

「写真の削除だ」と圭司が答えた。「あんたの写真のすべてをパソコンから削除するように依頼された」

「そうですか」と宇野は頷いた。「やはり、恥ずかしかったんですね。私なんかの写真を見られたら」

「ああ、恥ずかしかったんだろうな」

「圭司」と祐太郎は声を上げた。

「もう七十六だ。そんな年にもなって、若い女に心を奪われる。きっと安西氏にとって、あってはならないことだった。だが安西氏は奥さんに贈った指輪を渡さずにはいられないほど、その女に心を奪われた。自分の中のその情熱を、安西氏は恥じたんだろう。その情熱を誰にも知られたくなかった。けれど、生きている間にその女の写真は消せなかった。だから、うちに依頼した。自分の死後、その写真をどうか誰にも見せないでくれと。そう恥じ入るくらい、安西氏の思いは強いものだった」

圭司は庭を眺めながら、穏やかな口調で言った。いつからか宇野も庭を眺め、その言葉を聞いていた。祐太郎も庭を見た。そこで、初々しい恋人のように、じれったい言葉を交わす二人を想像した。

「安西さんのためではないです」と宇野がそっと呟いた。「私があの女を刺したのは嫉妬したからです。嘘でも、安西さんの妻になれたあの女に。嘘でも、安西さんを達雄さんと呼べたあの女に。ただあの女が女であることに。私は嫉妬したんです」

祐太郎も圭司も何も言わなかった。宇野も返事を求めてはいなかった。三人はまたしばらく黙って庭を眺めた。

「これから、どうするんだ？」

やがて圭司が聞いた。祐太郎は宇野を見た。宇野は軽く微笑んで、圭司を見返した。

「さあ。どうしましょうか」

「ここへは何をしにきた？」

「指輪を返しにきたんですよ。今日一日、雅紀さんは親戚に挨拶回りをするので、ここにはこない。それを知っていたので」

「自首しなよ」と祐太郎は言い、「忘れちまえよ」と同時に圭司が言った。

「はあ？」と祐太郎は言った。

「警察が捜しているのは、白いワンピースの女だ。そんな女、どこにもいない。このまま葬ってしまえばいい」

「それ、いいの？　人として、っていうか、一市民として、間違ったお勧めをしてない？」

「俺たちの仕事は、白いワンピースの女を削除することだ。今、あんたに自首される
と、白いワンピースの女の存在が人に知られることになる。それは避けたい」

「では、自殺しましょうか。なるべく遺体の見つからないところで、ひっそりと」

「そうだな。それならいい」

「圭司」と祐太郎は声を上げた。

うふふと声を潜めて、宇野が笑った。

「面白いですね、お二人」

ソファから立ち上がった宇野は、戸棚の前まで歩いていった。戸棚の上の一輪挿し
にすでに枯れた花が挿してある。宇野は花を抜くと、ツルのような細い茎に指輪を通
して、また一輪挿しに戻した。指輪は一輪挿しの首を通らず、上で止まった。

「クレマチス。奥様が好きだったそうです」

宇野はそう言って、リビングから出ていこうとした。

「あ、待って」と祐太郎は声を上げた。「自殺なんてしないよね？　この人が言った、
あれ、冗談だから。冗談だよな？」

「いや、人知れず死んでくれると助かるのは本当」と事も無げに圭司が言った。

「残念ながら、死ぬ気はありません」

「だよな」と圭司はつまらなそうな顔で頷いた。

「安西さんがこの私を少しでも大事に思ってくれたというのなら、私はこの私を殺すわけにはいかない。白いワンピースの女の件は、どうにかしますよ。人目を誤魔化すために、生まれて初めて女装した。私は一人の友人として、安西さんをおとしめたあの女が許せなかった。警察には、そう言います」

「ああ。頼む」

「仲良く出るのも何なんで、家の鍵、置いておきますね。出るときに締めて、郵便ポストに入れておいてください」

小さく頭を下げて、宇野はリビングを出ていった。すぐに玄関が開け閉めされる音がした。祐太郎は戸棚に置かれた鍵を手に取った。枯れた花に通された指輪が目に入った。

「なあ、圭司さん」とその指輪を指先で弾いて、祐太郎は聞いた。「こんな終わり方しかなかったのかな？」

「悪い終わり方じゃないだろ。少なくとも、あいつにとっては悪くない終わり方だ」

「そうかな？」

「贅沢を言えばきりはないいさ。ほら、俺たちも行くぞ」

「あ、ああ」

「それからお前、いい加減、呼び方を統一しろ。圭司さん、圭司、社長、ボス、所長。

他にも、圭司くんとか、兄さんとかも試してたよな。何だよ、兄さんって」

　関西芸人かよ、と圭司はぼやいた。

「いや、どれもしっくりこなくて。何て呼べばいい？」

「ケイ」と車椅子を進めて圭司は言った。

「ケイ、さん？」

「ケイだけでいい。そう呼ばれることもある」

『ｔｏ　Ｋ』。サッカーボールに書かれた文字を思い出した。

「ケイ」と祐太郎はその背中に言った。「あ、じゃあ、俺は祐さんでいいよ」

「何でお前に、さん付けなんだよ。お前はお前でいい。俺は呼び方、迷ってないだろ？」

「あ、そうなの？」

　圭司が先にリビングを出た。祐太郎はカーテンを閉めようとガラス戸に近づき、誰もいない庭を眺めた。ふと、その先にある木が白い花をつけた光景を想像した。

「ほら、行くぞ。運転手」

　圭司の声が聞こえた。

「ああ」

　その光景を閉じ込めるために、祐太郎は静かにカーテンを閉じた。

ストーカー・ブルーズ

Stalker Blues

エレベーターで地下に下りると、ちょうど舞が事務所のドアから出てくるところだった。祐太郎は向こうから歩いてくる舞のために、閉まりかけたエレベーターの扉を手で押さえた。舞は時折、前触れもなく地下の事務所にやってきて、圭司や祐太郎と無駄話をして、地上へと帰っていく。今日は圭司が一人のところにやってきたようだ。この姉とあの弟が二人きりだとどんな会話を交わすのか、祐太郎はうまく想像できなかった。

「おはよう」

「うぃっす」

軽く頭を下げた祐太郎ににっこりと微笑んで、舞がエレベーターに乗り込んだ。

「今日もサボらずに働けよ、新人」

屈託ない口調はいつもと変わらない。それなのに、すれ違った舞に違和感を抱いたのがなぜなのか、祐太郎自身にもわからなかった。

「どうした?」

扉を押さえたままの祐太郎に、舞が聞いた。首を突き出すようにして、祐太郎の表情を覗き込む。その距離に慌ててから、いつもの舞との違いに気づいた。

「あ、いや。何でもないっす。今日も弁護士、お疲れ様っす」

「そうだね。正義とお金が私を待ってる。行ってくる」

祐太郎が手を離すと、エレベーターの扉が閉まった。舞の残した香水の香りが鼻をくすぐる。祐太郎は今し方の舞の、わずかに上気したような表情を思い返した。それはやはり興奮の痕跡にしか思えなかった。

事務所に向けて歩いていると、不意に横のドアが開いた。圭司の住居になっている部屋だ。引き戸タイプのドアを中から開けた圭司の顔に、微かな狼狽が走るのを祐太郎は見逃さなかった。

「おはよう」と祐太郎は言った。

「そんなに早くない」

ぶっきらぼうに応じた圭司は、ハンドリムを押して車椅子を進めた。祐太郎は先に立って、事務所のドアを開けた。ドアを押さえて、圭司を迎え入れる。

部屋には香水の香りが残っていた。舞がまとっていたものと同じだった。祐太郎はデスクの向こうに回る圭司を観察した。ネイビーのジャケット。薄いブルーのシャツ。髪型。見える限りの外見に乱れはなかった。舞をこの部屋に残して、自分は住居の部屋に戻り、身なりを整えて、また出てきた。舞は圭司が戻るのを待たずに、事務所に帰った。どうやらそういうことらしいと祐太郎は推測した。

「今、舞さんに会った」

努めてさりげなく言った。デスクのパソコンを立ち上げた圭司の頬に緩い緊張が走った。

「それが？」

一瞥もしない。視線はパソコンの画面をとらえたままだった。が、声には切り込むような緊迫感があった。

「いや、別に。それだけ」

呟くように返して、祐太郎はソファに座った。しばらくキーボードを叩く音だけが事務所の中に響いた。次に祐太郎が聞いたのは、深いため息の音だった。祐太郎は圭司を見やった。

「言ったろ？　あれは変態だ」

圭司は車椅子の背に身を預け、どこか投げやりな表情でそう言った。咄嗟に言葉が出なかった。想像していたとはいえ、その情報を呑み込むまでには、やはりしばらくの時間が必要だった。

「それは、その、無理矢理なのか？」と祐太郎は聞いた。

「無理矢理ってわけでもない。断ろうと思えば断れる」

圭司は首の力を抜いて、天井を仰いだ。うまい慰めの言葉が見つからなかった。

「ケイが納得しているなら、俺は、別にいい」

「別に納得はしてないけどな」と圭司は頰を歪めるようにして笑った。「このビルは舞の持ち物で、相場を考えれば、賃料を払うだけの稼ぎは、うちの会社にはない」

「金の代わりに？」

「まあね」

「金の代わりに、そこまでするのか？　だって、姉と弟だろ？」

「姉と弟だから、貸し借りはなしにしておきたい。普通なら到底、払える額ではないけれど、幸い、舞は変態だった。月に一度か二度、応じれば済む話だ」

「変態って、だって、血のつながった姉と弟だろ？　そりゃ、まあ、倫理的な、っていうか、普通の恋愛感覚は、取りあえずこっちに置いておくにしても、そういうことになるなら、それは金とかそういうことじゃなくて、もっと、何だろうな、こう、感情の高まりみたいなものがあるべきじゃないかと思ったりするんだけど……」

　もごもごと言う祐太郎をじっと見たあと、圭司はまた深いため息をついた。それからデスクに手を伸ばし、そこにあった野球ボールを手にした。ぶん投げる、と表現するのがぴったりの投げ方だった。山なりではない直線の軌道で飛んできた硬球を祐太郎は慌てて受け止めた。

「いてっ。いってえ」

「お前さ、何だろうな、それ。その感じ、やめろ。いかにも、わかってますよっていうような、こう、下からすり寄ってくるような、それ。誤解したよ。てっきり舞から話を聞いたのかと。何だよ。何にも聞いてないのか」

そりゃそうだよな、と呟いて、圭司は首を振った。

「ええと、え？」

「え、じゃないよ。舞と俺が、何だって？ 血のつながった姉と弟が、何をしたと思ったんだ？」

「いや、だって、さっき、舞さんはこの部屋にいたんだろ？ 舞さん、何か、ちょっとこう、興奮したあとのような……」

「うん。そうだな。観察力は認める。でも、そのあとの想像力がポンコツだ。お前、やっぱり頭を使わないほうがいい。何も考えるな。起きている間は常に羊を数えてろ」

「つまり、そういう関係ではない？」

「ない。その気持ち悪い想像、二度とするな。お前の頭の中にあると思うだけで腹が立つ」

「よかったあ。いや、今後、どう接しようか、考えちゃったよ。え？ じゃ、さっき舞さんはここで何してたの？」

　聞きながら圭司にボールを放ったとき、モグラが目を覚ました。山なりで飛んできたボールを受け止めてから、圭司はモグラに手を伸ばした。液晶画面を睨み、素早くキーボードとタッチパッドの上に指を躍らせる。こうなるともう、会話にはならない。死者が遺したデータを葬るために、死者のデバイスにアクセスするその作業は、圭司にとってとても特別な行為なのだろうと祐太郎は感じている。

「あの人は、トコヨにいるんだねえ」

　祖母の呟きが耳によみがえった。祖母と暮らすようになって間もないころ。徘徊していた近所の老人をたまたま見つけ、家まで送り届けたときのことだった。

「トコヨって？」

「ツネのヨで常世。こっちじゃない世界のこと。あの人は、体はこっちの世界に残っていても、心はそっちの世界に行っているんだよ」

「それは死後の世界みたいな話？」

「もっと遠いところにある世界の話だよ」

　死後よりも遠いところにある世界。それがどんなものか、そのときはわからなかったし、今でもうまく想像できない。ただ、モグラを操っているときの圭司はそういう世界を覗き込んでいるのではないか。祐太郎は、時折、そんな思いにとらわれる。

　祐太郎はソファから立ち上がり、壁際の本棚を眺めた。あまり本が入っていない本棚だ。横になっていた分厚い本を開いてみたら、中は英字だった。もとに戻し周囲を見渡すと、その書棚にあるのはすべて英字の本らしかった。隣の本棚に移って、日本語が書いてある背表紙を探し、ぱっと開いた場所から読んでみた。しばらく我慢して読み進めてみたのだが、著者が何について説明しようとしているのか、さっぱりわからなかった。

「これ、何の本？」

　圭司が情報を整理し終えるのを待って、聞いてみた。

　圭司が顔を上げた。表紙に向けて目を細め、「民事訴訟法」と答える。

「舞さんの？」

「父のだ。生前、ここは父の書斎だった。上の事務所での仕事を終えると、ここにきて好きな本を読んでいたらしい。家にはあまり居着かない人だった」

　圭司が事務所を見回して言った。なるべく無感情でいようと努めるような表情だったが、圭司がどんな感情を消そうとしているのかまでは、祐太郎には見極められなかった。

「そう」

　祐太郎は本棚に本を戻し、デスクに近づいた。

「今回の依頼人は？」

圭司がモグラの画面を祐太郎に向けて回す。

「イズミショウヘイ、三十一歳。アルバイト。サイトを通じて依頼してきている」

『和泉翔平』の文字が見えた。画面の情報によると、依頼は三ヶ月ほど前になされている。

「百十一時間、パソコンもスマホも操作されなかったら、モグラに信号がくる設定になっている」

「百十一時間？」

「一、一、一。いい加減に設定したんだ。そのときにはリアリティがなかったんだろうな。気休めの保険のつもりだったんだろう。取りあえず、死亡確認を取ってくれ」

「電話でいい？」

「スマホは電源が入っていないし、固定電話は契約時に登録されてない」

「家は？」

圭司がモグラを操り、和泉翔平のパソコンからネット書店の配送記録を呼び出した。住所は神奈川県の川崎(かわさき)市内となっている。

「ああ、こんなのもあった」と圭司が言い、一通のメールを開けた。その月のシフト表が添付されたバイト先からのメールだった。和泉翔平が働いているのは港(みなと)区にある携帯ショップだとわかった。

「ここの電話は？」

圭司がすぐにショップのサイトを探して、画面に出す。祐太郎はそこに記された番号に電話をかけて、和泉翔平のことを聞いた。が、祐太郎が客ではないとわかると、相手は、「今日は和泉は休みです」と言って、一方的に電話を切ってしまった。

「無愛想な店だな」と祐太郎は言った。

「家を当たるか？」

「いや、バイト先のほうが近いから、取りあえず、こっちに行ってみるよ」

死亡確認を取るのなら、なるべく遠い関係の人のほうが気分的に聞き出しやすい。この仕事を続けて祐太郎はそう実感していた。

「別の情報が必要になったら、連絡してくれ。探っておく」

「わかった」と言って、祐太郎は事務所を出た。


『ｄｅｌｅ．ＬＩＦＥ』で働き始めるまで、祐太郎はデジタル端末にさしたる関心を払ってこなかった。スマホは通話とネットをするための道具。それ以上の意味など考えたこともなかった。が、確かにこの小さな端末一つにも様々な情報が詰まっている。ずらりと並んだスマホを前にして、祐太郎は何となく自分のスマホを取り出し、眺めた。そこに様々な情報は詰まっていても、大切な情報は一つもない気がした。それがデジタル端末との付き合い方の問題なのか、自分の人生の軽さの問題なのか、祐太郎にはわからなかった。

「機種変ですか？」

それまでいたもう一人の客がいなくなり、男の店員が近づいてきた。昨日、深酒をしたのだと嫌でもわかるほど息が臭かった。

「ああ、いや、すんません。人を訪ねてきました。翔平さん、いますか？　和泉翔平さん。ここで働いているって聞いたんすけど」

店員は『山際』という名札をつけたその男しかいなかった。和泉翔平の名前を聞くと、山際はあからさまに祐太郎を軽んじる態度になった。

「あ、ひょっとして、さっき電話してきた人？　和泉は休みだよ。このところ、ずっと無断欠勤」

「ずっとって？」

「先週の木曜日に出てきて、それが最後」

百十一時間でモグラに信号がくるのなら、最後に端末をいじったのは金曜日の夜ということになる。

「金曜日は？」

「先週の金曜日は、あの人、シフトに入ってなかったから。土日は入っていたのに、こなかった。ま、こなくても業務に支障はないんだけど。気づいたのも、土曜の朝じゃなくて、夜だったし」

山際は祐太郎と同い年くらい。和泉翔平より五つ、六つは年下に見えた。が、その口調には露骨なあざけりがあった。

「その日は、俺ともう一人がシフトに入っていて、夜、あの人がこなかったことに気づいたんだけど、二人ですげえ納得したよ。だから、今日は仕事がスムースだったんだなって。あの人、いるだけ邪魔なんだよね」

山際はそう言って笑った。が、祐太郎が顔をしかめたことに気づくと、笑みを収めた。

「あ、友達?」

まさか息が臭かったとは言えず、祐太郎は慌てて笑みを作った。

「友達っていうか、知り合いっすかね。ちょっと金を貸してたんで」

口から出任せだったのだが、山際は改めて祐太郎の風体を眺めるような素振りをした。はっと気づいたように、その表情が硬くなる。

「今日も、たぶん欠勤だと思います」

口調まで変わった。何のつもりかと考え、借金の取り立て屋と勘違いしたのだろうと思い当たった。今時、そこまで物騒な取り立て屋などそうはいないはずだが、山際の中には違うイメージがあるらしい。面倒臭くなって、祐太郎はその誤解を丸ごと利用することにした。少し態度を崩す。

「連絡とかはしなかったの？　無断欠勤だと、普通、連絡しない？」

山際はおもねるような表情で少し顔を近づけて囁いた。

「あ、しばらく放っておけって、店長が。一週間も無断欠勤すれば、未払い分のバイト代も出さずに済むだろうからって」

息を詰めてやりすごした。顔の距離を戻して、山際は続けた。

「まあ、彼の場合、いないほうが助かるくらいなんで、俺たちはいいんですけどね。接客もひどくて、結構クレームもついてたし」

「ひどいって？」

祐太郎が聞き返すと、山際はきょとんとした。

「あ、だから、あの調子なんです」

「ん？」

山際が下を向いて、口の中で何かを言った。

「え？」

少しイラッとして、祐太郎は聞き返した。

「そうなるでしょ？　そりゃお客さんも怒りますよね」

それで、どうやら山際が和泉翔平の真似をしたらしいと気がついた。

「ああ」と祐太郎は頷いて見せた。

「人手が足りなかったときで、ろくに面接もしないで採用決めちゃって。俺たちはいい迷惑だったんですよ」

「そう。わかった。ヤサを当たってみる。ありがとな」

距離があってもそれ以上はつらかった。足早に店を出て、祐太郎は大きく一つ、深呼吸をした。それから和泉翔平の家に向かうべく、駅へと歩き出した。


何かに似ていると思ったが、何に似ているのか思いつかなかった。ただそれは「誰か」ではなく「何か」だった。何だったろうと考えながら、祐太郎は声をかけた。

「あの、すんません」

四つん這いの姿勢のまま、それは振り返った。二十代前半。ぱんと膨らんだ顔に、まん丸で黒目がちの目をしていた。全体に青っぽいふわふわした服装が、何かのキャラクターのコスプレなのか、ただの個性的なワンピースなのかは、わからなかった。髪の半分ほどは白っぽく脱色されていて、残りの半分ほどは鮮やかな青に染まっている。ドラえもん、と浮かべてから、祐太郎はその思いつきを否定した。ドラえもんにこのもこもこ感はない。もっと違う何かに似ているはずだった。

「ええと、ここ、和泉翔平さんの家っすよね？」

　木造モルタルと思しきアパートの一室を訪ねると、その部屋のドアが開いていて、青いもこもこが部屋の中にうずくまっているのが見えたのだ。もこもこはいったんは祐太郎を無視して前に向き直り、それから諦めたように肩をすくめると、立ち上がって、たたきにいた祐太郎の前にやってきた。

「そうだけど。何か用？」

　背は高くないが横幅は広い。本人にその気がなくても、目の前に立たれると行く手を塞がれたように感じてしまう。

「あの、翔平さん、和泉翔平さんは？」

「兄貴は、ああ、今はちょっと」

　もこもこは大きな黒目をしばらく上にやってから、考えるのが面倒になったように、祐太郎に視線を戻した。

「昏睡中」

「は？　昏睡？」

「そう。昏睡。意識不明」

「それ、いつから？　っていうか、何で？」

「先週の金曜日の夜、歩道を歩いているときに、よろけて赤信号の横断歩道に。兄貴をはねたトラックはひっくり返って、積み荷をぶちまけて、国道に二キロの渋滞を作ったらしいよ。兄貴がこれまでの人生で発揮した最大の影響力だったね。この三十年あまり、ボウフラ並みの存在感しか発揮してこなかったのに、最後にやってくれたわ」

「最後にって、え？ 死んでないんだろ？」

「まあね。でも、本人が死にたがったんだから、死なせてやればいいのよ」

「自殺なの？」

「うちの両親は、今、どうにか事故扱いにしてもらおうと、必死で飛び回ってる。自殺扱いだと、笑うしかない賠償金が発生するらしい」

でも、ま、自殺だね、ともこもこは言い切った。

「どうしてそう思うの？」

「カゲロウ並みの生命力しかなかったのよ。もともとそういう人だった。知ってるでしょ？」

そう言ってから、もこもこは、あれ、と首を傾げた。

「あんた、誰だっけ？ 兄貴の、何？ 私、聞いたっけ？」

「あ、俺、真柴祐太郎。翔平さんの……」と言って、一瞬、言葉に詰まったが、和泉翔平の情報として知っているのは、一つだけだった。「仕事先の後輩。あの、携帯ショップの」

「ああ、携帯ショップの。そう。うん。で、その後輩が、何？」

「何って、ああ、だから、あの、お金を」

貸して、と言いかけて、先ほどのやり取りを思い出し、今度は設定を変えることにした。

「うん、借りてたんだ。昼飯、一緒に行ったとき、俺、財布を忘れて、お金を翔平さんに借りた。だから返しにきた」

もこもこのまん丸い目が光った。

「いくら？」

「あ、八百円」

「八百円？　それだけ？　本当に？」

「だって、だから、昼飯代だ」

「八百円のために、わざわざきたの？」

「電話がつながらないし、たまたま近くに用事があったから、いるかな、と思って」

「ああ。電話」と言って、もこもこは顔をしかめた。「そういえば解約してないだろうな。事故でスマホが壊れて、それっきりになってた。あんな兄貴でも、死ぬといろいろ面倒なもんだね」

「だから、死んでないんだろ？」と祐太郎は言ったが、もこもこは取り合わなかった。

「ライブチケットの発売日はやってくるし、親にチケット代くれって言える空気じゃないし、参るよ」と言ったもこもこは、「八百円？」ともう一度、祐太郎に確認した。

「うん。八百円」と祐太郎は頷いた。

「腹の足しにもならんな。やっぱ売るしかないのか。そこな後輩、ちょっとこっちにきて手伝って」

もこもこは部屋の中に戻っていった。祐太郎は靴を脱いで、そのあとに続いた。フローリングのダイニングキッチンに絨毯（じゅうたん）の居室がつながっている。合わせても六畳程度。部屋の真ん中に何十冊もの漫画が積んであった。傍らに漫画が入った段ボール箱がある。どうやらもこもこは段ボール箱に詰めるための漫画を選び出しているらしい。

「そっち、紙袋持ってきたから、中に『シニアイ』グッズを入れていって」

そう言うと、もこもこは膝（ひざ）をついて、漫画を物色し始めた。

「翔平さんのものを勝手に売るの？」

「部屋を整理してきてくれって、親に頼まれたの。当分、兄貴がこの部屋に戻ることはないし、そんな部屋の家賃、払ってられないし」

それに、どうせ死ぬしね、ともこもこは言った。

本当に兄の生死に関心がないのか、事が大きすぎて投げやりになっているのか、祐太郎には判断がつかなかった。取りあえず、指令に従おうと、部屋の片隅にあった紙袋を広げて、祐太郎は聞いた。

「『シニアイ』って？」

「『死神アイドル・ペールライダーズ』」と漫画を選りわけながらもこもこは言った。「教えた私が言っちゃいけないのかもしれないけど、兄貴、よりによってキタマクラ担当になっちゃってさ。キタタンなんて、なるかね、普通。お前、腐女子かよって話だよね。それで、集めるのも全部、キタマクラグッズだから、値がつかないんだ。ライダーズでも、イミノとか、ヨガラスとかなら、プレミアもつくんだけどさ。キタマクラだよー。マニアすぎるだろー。何でそこに行くかね。ねえ？」

「ああ、うん。そうだね」

　わからない言葉はいっぱいあったが、知りたい言葉は一つもなかった。祐太郎は部屋の隅にあった小さなデスクの前に行き、そこに並んでいたフィギュアやキャラクターグッズを紙袋の中に入れていった。『北枕睡』という和装のキャラクターは、『キタマクラネムル』と読むらしい。男なのか女なのかもわからなかった。

　グッズはたいした量ではなかった。他も探してみたが、デスクの上以外にグッズは見当たらなかった。売るのなら、デスクにあるノートパソコンのほうが値になりそうだったが、そう気づいていないもこもこに、あえて教えるつもりもなかった。ノートパソコンの電源コードはコンセントにささっていた。このパソコンに圭司が事務所からアクセスしたときも、もこもこはここで売る漫画を選んでいたのだろう。そう考えると、不思議な感じがした。

「これ」と祐太郎は紙袋をもこもこに差し出した。

もこもこは選りわけることを放棄して、すべての漫画を段ボール箱に入れたところだった。

「もう面倒だから、全部売るわ。こっち、頼むね」

段ボール箱をクラフトテープで閉じると、もこもこはそう言って、祐太郎から紙袋を受け取った。

「ん？」

もこもこが指した段ボール箱を見たが、何を頼まれたのかわからなかった。たたきで靴を履いたもこもこが祐太郎を振り返った。

「そこのコンビニまで運んでくれたら、消費税分はおまけしてあげる。返すの、ぴったり八百円でいいよ」

「いや、借りたの、ぴったり八百円なんだけど」

「細かいことはいいから、いいから。それ、よろしく」

祐太郎は仕方なく段ボール箱を抱えて部屋を出た。ちょっと腰にくる重さだった。

背筋に力を込め、紙袋を提げたもこもこと並んで駅の方向へ歩き出す。すれ違う人たちの多くはもこもこに無遠慮な視線を向けていたが、もこもこは気にしていなかった。

「翔平さん、どこに入院しているの？」

「世田谷の病院。ひかれたの、世田谷だったから。ああ、お見舞いならいいよ。ICUで、家族しか入れないし」

「誰か、きた人いる？」

「いるわけないよ。だって、うちの兄貴だよ？」

そんな疑問が浮かぶことすらおかしいという口調でもこもこは言った。本当に兄のことを知っているのか。ちらりと向けられた視線が怪訝そうだった。

「あ、でも彼女とかはいたんじゃないの？」

祐太郎としては誤魔化したつもりだったのだが、やぶ蛇だったらしい。もこもこがぴたりと足を止めた。

「彼女？　三次元の？」

怪訝を通り越して、完全に不審そうな顔になっていた。

「あ、いや、彼女っていうか、いい感じの人がいるって、前に翔平さんから聞いたことがあったような気がしたんだけど」

もこもこはじっと祐太郎を見た。下手に次の一歩を踏み出せばもっと深い穴にはまりそうで、祐太郎は曖昧に笑い返した。はあああ、と長いため息をついて、もこもこが肩を落とした。

「そんな悲しい嘘を？　兄貴がひかれて、今、初めて泣きたくなったわ」

　もこもこがまた歩き出し、祐太郎は横に並んだ。

「兄貴に一番近かった女は間違いなく私だよ。ぶっちぎりの一位だろうね。はるか後ろの二位が母親」

「ああ。翔平さんと、仲がよかったんだ？」

「よかったっていうか、利用してたっていうか。家で親ともめたときには、よく泊めてもらってた。いい避難先ではあったかな」

「そう」

「でも、仲がよかったかってなるとなあ。ほら、うちの兄貴、コミュ力、ど底辺でしょ？　本当に何を考えてるかわからないやつじゃない？　泊めてもらったことは何度もあるけど、たいして話もしなかったな。話題がないんだよね。『シニアイ』の話くらいしかしなかった」

「そっか」

「それでも、かなりマシになったんだよ。前は本当にひどかった。うちの兄貴、二十九で家を追い出されたんだ。聞いてる？　それまで引きニートだったんだけどね。三十になる前に何とか自立させようとして、親が涙ながらに追い出した。近くにアパートを借りてやるから、生活費は自分で稼げって。あ、ちなみにうちは、あのマンションね」

もこもこが行く手の右を指した。少し離れた場所に、茶色い古そうなマンションがあった。

「うちの親、追い出したのを後悔しているみたい。だから、自殺だって認めたくないんだよね。賠償金も困るんだろうけど、お金がどうこうより、兄貴が自殺したなんて、認めたくないんだと思う。自分たちが追い込んだみたいで」

「事故っていう可能性はないの？」

「うーん」と軽く首をひねって、もこもこは言った。「いくつかの防犯カメラに、道を歩いている兄貴が映ってたんだって。親が警察署で確認したらしい。最初のカメラの映像では、兄貴、酔っ払ったみたいにふらふら歩いていて、その次の映像ではフレームから出ていく寸前に人とぶつかったみたいな感じでよろけて、で、最後の映像で車道にはみ出して、ひかれた」

祐太朗は思わず足を止めた。

「それ、事故どころか、事件の可能性もあるんじゃない？　人とぶつかったって、偶然なの？　押されたりしたんじゃなくて？」

祐太郎は声を上げたが、もこもこは立ち止まらなかった。

「この世界の誰が兄貴なんかを殺したがるのよ。妹として断言するけど、兄貴を殺して得をする人なんて一人もいない」

「いや、でも、少なくとも事故だろ?」

小走りに追いついて、祐太郎は言った。

「私は映像を見てないけど、話を聞いた感じでは、親がそういう風に見たがっているだけじゃないかって気がしたけどね。病院に担ぎ込まれた段階では、兄貴は酔ってはいなかったみたいだし」

もこもこは祐太郎に目を向けずに言った。親と妹とで、違う『最悪』から逃げたがっているように思えた。自殺という『最悪』。殺されたという『最悪』。誰も得をしなくたって、殺される人はいる。ただ誰かを殺してみたかった。そういう人だっているのだ。『カゲロウ並み』の生命力で『ボウフラ並み』の存在感の人生を歩いてきた兄は、死に方までもが理不尽なものだった。そんな『最悪』は妹としては受け入れがたいだろう。

コンビニに着くと、もこもこは店員から宅配便の送り状を受け取った。ボールペンも借りて、住所を書き込み始める。

「これ、どうするの?」

カウンターに段ボール箱を置いて、祐太郎は聞いた。

「古本屋に送って査定してもらう」

「そっちのフィギュアとかは？」

「こっちは馴染みのショップに持ち込んでみる。まあ、『北枕睡』だからなあ。値はつかないだろうけど。ああ、ありがとね。いろいろ助かった」

「どういたしまして」

「八百円は忘れないでね」

「あ、ああ」

仕方なくジーンズの尻ポケットから財布を出したが、硬貨では足りなかった。千円札を抜いて、もこもこに聞く。

「お釣り、ある？」

「ああ、うん」

もこもこは服から財布を引っ張り出した。

「誰？　彼女？」

千円札を受け取り、お釣りの二百円を渡しながら、もこもこは顎をしゃくった。祐太郎の財布に入っている写真に目を留めたらしかった。

「いや。家族の写真」

短く答えて、財布をしまった。

「ふうん」

「それじゃ。あ、翔平さんに、よろしく伝えて、っていうのも、おかしいか。ん？　おかしくないか。伝えておいて」

「わかった。耳元で言っておく」ともこもこは頷いた。

「うん」と頷き返して、祐太郎はコンビニを出た。


事務所に戻ると、モグラの画面を見ていた圭司が顔を上げた。

「死亡確認は？」

「妹さんから話が聞けた。翔平さんは、先週の金曜日にトラックにはねられて、昏睡状態。事故か自殺かはどっちとも言えない感じだって。話を聞いた限りでは、事件の可能性が高いんじゃないかって俺は思った」

最後のところに力を込めて祐太郎は言ったのだが、そうなった原因については、圭司は興味がないらしかった。

「昏睡か」と圭司は呟いた。「生きているなら消さなくていいか。いや、意思表示ができない状態なら消すべきなのか？　その妹は、依頼人と同居している？」

「あ、いや。親と一緒に、近所に住んでる。荷物の整理って言いながら、売って金になりそうなものを探してた」

「となると、パソコンを売るかもしれないのか」

「しばらくは大丈夫だろうけど、時間の問題だろうね」

「どうしたもんかな。昏睡中に中を見られるなら問題ないが、死亡直後に見られてしまうと依頼を果たさなかったことになる」

デスクのボールを取って、車椅子を動かした圭司は、スペースのある場所に移動すると、壁に向かってボールを投げた。壁に当たったボールは、ツーバウンドして圭司の手に戻った。

「かといって、依頼人にずっと張りついているわけにもいかないしな」

「中、見てみたら？　見られても問題なさそうなものなら残しておけばいいし、しんどそうなものならそのとき考えればいい」

祐太郎の問いかけに応じないまま無言で壁当てを続けた圭司は、何度目かにボールを受け止めて、頷いた。

「場当たり的な対応は気が進まないが、依頼人のためには、しょうがないか」

圭司はデスクに戻り、モグラのキーボードを叩いた。近づこうと一歩そちらに踏み出した祐太郎を押しとどめるように手を広げる。

「あとで見せる」

目は画面に向けたまま、圭司は広げた手を二度、払った。

祐太郎は仕方なくソファに腰を下ろした。和泉翔平が削除依頼したデータはどうやら厄介なものだったようだ。モグラを操る圭司の表情が徐々に厳しくなっていった。画面を睨みつけたままキーボードを叩き続ける。相当、込み入ったものなのだろう。圭司はなかなか顔を上げなかった。その姿を眺めているのにも飽きて、祐太郎は立ち上がり、壁に立てかけてあったテニスラケットを手にして、素振りを始めた。圭司がデータを整理し終えるまでには、ずいぶん長い時間がかかった。ふんという鼻を鳴らす音に目を向けると、圭司がハンドリムに手をやり、車椅子を少し下げたところだった。かなり不機嫌な顔でモグラの画面を見ている。

「何？」

振っていたテニスラケットをもとの場所に戻して、祐太郎はデスクの前に立った。目線で圭司の許可を取り、モグラの画面を自分に向ける。何かの管理データらしい。竹内真美（たけうちまみ）という名前に、生年月日、世田谷区の住所と携帯番号、キャリアメールのアドレスも書かれている。あとは日付やら、何かの分類に使われているらしきいくつかの記号もある。祐太郎は画面を指さした。

「何、これ？」

「削除依頼があったフォルダにはいろんなファイルが入っているんだが、そのうちの

うだ。和泉翔平は
に保存していた。
店を訪れている」
分のパソコンに
ファイルもあっ

促されて　祐太郎はモグラの画面を圭司のほうに回した。圭司はタッチパッドを叩いて、すぐに祐太郎のほうへ画面を戻す。画面にあったのは、メールソフト。受信箱に入っているのは和泉翔平宛てのメールではなく、すべて竹内真美のキャリアメールに宛てられたメールだった。

「翔平さん、お客さんのメールを覗いてたの？　っていうか、ショップ店員って、お客さんのメールの転送までできちゃうの？」

「できないよ」

「だって、これ。できてる」

「情報漏洩の大半は、システムの欠陥や脆弱性ではなく人為的なミスや不注意で起こる。たぶん、契約手続きの最中に、和泉翔平は竹内真美が暗証番号を打ち込むのを盗み見た。もしくは、適当な理由をつけて面と向かって聞き出したのかもしれない。ユーザーとしてログインして、キャリアメールを自分が作ったアドレスにコピー転送するよう設定した」

「怖いなあ。まあ、今時、キャリアメールなんて、あんまり使わないだろうけど。お店の登録とか、そんなのくらいだろ？」

「そうだな。和泉翔平も、何かを見たかったということではなく、ただメールから彼女の生活を覗きたかっただけなんだろう。顔が好みだったのか、取っつきやすい人だったのか」

『コミュ力、ど底辺』の携帯ショップ店員の前に六つ年下の女性が客として現れた。清楚なタイプか、包容力のある感じか、あるいは鷹揚な姉御肌の人か。和泉翔平はその女性に心惹かれた。が、プライベートでお近づきになれるような会話など、和泉翔平にできるはずもない。強い思いだけが胸の中でこんがらがって、こんがらがったまま出口を求めた。

「つまり、ストーカー？」

「他に適当な呼び方はなさそうだな」

「あ、でも、相手には存在がわからないんだから、そんなにタチが悪いわけじゃないよね？」

「そのほうがタチ悪くないか？」と言ってから、「それは、まあいい」と圭司は首を振った。

「そのまま何もなければ、楽しい盗み読みライフが続いたんだろうが、あるとき、和泉翔平が盗み読みしていたメールアドレスに、脅迫メールが送られてきてしまう」

「は？　脅迫メール？」

「この松井茂(まついしげる)っていうのが、脅迫者だ」

　またモグラを操作して、圭司が三ヶ月ほど前のメールを呼び出した。祐太郎はそれに目を通した。キャリアメールに宛てて送った文章だと思うと、異様に長い。始まりは、知人に久しぶりに送った何ということもないメールのようだった。松井茂は自分が勤める会社の最近の様子を伝えていた。『君がいたころと比べて』とあるのだから、竹内真美はかつて同じ会社で働いていたのだろう。『そういえば』と、竹内真美の以前の上司の話を持ち出してきた辺りから雲行きが怪しくなる。その上司が最近、離婚したことを報告した松井は、その離婚の原因は上司の過去の浮気がばれたせいだと記していた。上司は相手を伏せているらしいが、別れた奥さんはその相手のことを執拗(しつよう)に捜している。そのことについて話し合いたければ、連絡をしてきてほしい。松井はそう書いていた。

「そのあとのメールも二、三通、読んでみて、事情が見えてきた」

祐太郎が読み終えたのを見て取って、圭司は言った。

「竹内真美は会社の上司と不倫関係にあったが、転職して、その上司との関係も終わらせた。松井茂はその会社で竹内真美の同僚だった。松井は竹内真美に好意を寄せていて、不倫に気づいた。最初は相談に乗るような形で竹内真美を口説こうとしたが、うまくいかなかった。竹内真美が退職したのは、不倫関係の清算より、松井から逃げるためだったのかもしれない。その後、しばらく連絡が途絶えていたが、上司の離婚を機に松井はメールを送ってきた。最初のそのメールではやんわりと書いているが、二通目からはかなり露骨になる。不倫が離婚の原因だから、奥さんから賠償金を請求されるだろう。奥さんに知らされたくなければ早く連絡を寄越せと、自分の携帯番号を記している」

「竹内真美は何て？」

「和泉翔平のもとには、受信メールが転送されてくるだけだから、竹内真美がどんな返事をしたかはわからない。が、その後の松井のメールから考えると、接触するのだけは避けようとしたみたいだな。避けられ続けて、松井のメールが徐々に感情的になっていく。金じゃない。とにかく会おうと」

やってきた女性客に一目惚れした携帯ショップの店員は、女性客のメールを盗み見るようになった。そこに彼女に邪な思いを抱く男がメールを送ってきた。

「つまり、ストーカーの前に別のストーカーが現れたってこと？」

「そうなるな。気づいたストーカーはどうすると思う？」

「彼女を守るために、別のストーカーを何とかしようとする」

「お前の想像力でもそうなるよな。日陰の覗き魔から輝ける騎士に変身できるチャンスだ」

　圭司がまたモグラを操作した。出てきたのは何枚かの写真だった。すべてに同じ女性が写っている。許可を取って写したものではないだろう。スーツ姿で道を歩く女性。スーパーらしきところで買い物をする女性。カフェで同僚と思しき人とともに食事を取る女性。そこが家なのだろう。夜、マンションに入っていく女性。朝、同じマンションから出ていく女性。多くは遠目から撮られた写真だった。

「これが、竹内真美さん？」

　シンプルな服装にナチュラルなメイク。人目を引くような美人ではないが、清潔感を感じさせる女性だった。

「たぶん、そうなんだろう。写真のデータによると、和泉翔平は、脅迫メールがくるようになって、二週間ほどあとから、彼女に張りついて、写真を撮るようになっている。バイト先から送られてきたシフト表と照らし合わせると、休みのたびごとに、彼女をつけ回していたことになるな」

「松井茂っていうこのストーカーから、竹内真美さんを守ろうとして、見張っていた？　あ、ひょっとして、翔平さんは、このストーカーを止めようとして、逆に殺されかけたんじゃない？」

祐太郎は防犯カメラの映像のことを圭司に話した。

「翔平さんにぶつかった人っていうのが松井茂で、ぶつかったんじゃなく、翔平さんを車道に突き飛ばしたんじゃないかな」

「そういう可能性もあるんだろうな」

「どうしよう？　この話、警察に？」

圭司は黙って祐太郎を見返した。

「しないよな。うん。しないんだよな」

削除依頼のあったデータが表沙汰（おもてざた）になるようなことを圭司がするはずもなかった。

「依頼人が死んでいるならデータを削除するだけだし、生きているなら放っておけばいい。それが昏睡ってなると、どうしたもんかな。自分ではデータにアクセスできないんだから、死んでいるとみるべきか。お前が話を聞いたっていうその妹がパソコンをチェックしないとも限らないしな。削除して、終わりにするか」

「いやいやいや」と祐太郎は慌てて声を上げた。「終わりって、だって、竹内真美さんはストーカーに脅迫されているんだよね？　このまま放っておいていいわけないいだろ？」

「脅迫者の身元はわかっているんだ。どうにかしたいなら、自分でどうにかするだろ。子供じゃないんだから」

「もし、どうにかしなかったら？　いや、仮に警察に相談しても、警察が何もしてくれなかったら？　この松井茂っていうのが翔平さんを殺しかけたんだとしたら、相当、凶悪なやつだよね？　そんなやつを放っておいていいの？」

「俺たちの依頼人は和泉翔平で、竹内真美じゃない。依頼はデータの削除で、身辺警護でもトラブル処理でもない」

「じゃ、こういうことは考えられない？　あるとき、キレた松井茂が、竹内さんに襲いかかる。その事件を捜査した警察は、被害者のキャリアメールが本人も知らない間に携帯ショップの店員のもとに転送されていたことを突き止める。そうすると、翔平さんが削除を依頼したデータが警察の手で復元されることになるよ」

「できない。復元は無理だ」

「いや、でも、復元されなくても、翔平さんがメールを盗み読みしていたこと自体はばれちゃうよな？　それって、依頼を遂行したことになる？　だって、翔平さんは盗み読みを知られたくなくて、データ削除を依頼したんだよな？」

　圭司はうんざりした顔になったが、反論はしなかった。祐太郎はたたみかけた。

「それに、翔平さんが脅迫をやめさせようと松井に接触していたんだとしたら、松井が警察に捕まったとき、松井の口から翔平さんがメールを盗み読みしていたことがばれちゃうかもしれない。その場合も、依頼を遂行したことにならないんじゃないか？」

「お前さあ、ポンコツの想像力を得意そうに振りかざすなよ」

「でも、可能性はあるだろ？」

不機嫌そうに黙り込んだのを、肯定の意味に受け取って、祐太郎は言った。

「依頼を完璧（かんぺき）に遂行したいなら、松井に竹内さんを諦めさせて、なおかつ翔平さんのことを知っているのか、確認する必要がある。松井に会ってくるよ」

不機嫌そうな顔のまま、圭司は乱暴に、二度頷いた。

「仕方ないな。このメールにある、『ビショップ通商』っていうのが、かつて竹内真美がいて、今も松井が働いている会社の名前だ。住宅建材の輸入をしている会社らしい」

言いながら手が動いている。すぐに、三つ並んだモニターの一つに会社の情報が出てきた。所在地は品川（しながわ）。圭司と目配せだけを交わして、祐太郎は事務所を出た。

品川駅から歩いて五分ほどのところにあるテナントビル。エレベーターで三階に上がると、扉が開いたすぐそこに『ビショップ通商』の受付があった。受付と言っても、会社のドアの外に内線電話が一つ置いてあるだけだ。『ご用の方は、担当者を電話でお呼び出しください』と書いてある。さっき読んだメールによれば、松井は資材部にいるはずだった。祐太郎はその電話で資材部を呼び出し、松井につないでもらった。幸い、松井は社内にいた。

「はい、松井です。どなたでしょう？」

「真柴と言います。竹内さんからご依頼を受けた会社のものです。外でお待ちします」

一方的にそれだけを言って、電話を切った。ほとんど待つことなく、飛び出してくるように男が現れた。四十前後。上背はあるのだが、極度の撫で肩のせいか、高いというより長いという印象を受ける。目が合い、祐太郎は軽く顎を引いて会釈した。男が近づいてきた。

「竹内さんから依頼？　依頼って言った？　依頼って何だ？」

祐太郎を値踏みするように見ながら、松井は言った。祐太郎としては、無難に事務的なやり取りをするつもりだったのだが、そのせかせかとした甲高い声がやけに癇に障った。祐太郎は、携帯ショップにいた山際のことを思い出した。タイプが似ているせいだ。経験的に考えて、二人とも上から凄んだほうが話が早くなるタイプだった。

祐太郎はゆっくりと首を一度回してから、松井に笑いかけた。

「んーと、説明したほうがいいのかな？　ここで、声に出して、説明する？　ああ、何なら、会社に入れてくれる？　そこで、大きな声ではっきりと説明しよう。な？」

腕を取って歩き出そうとすると、慌てて松井が足を踏ん張った。

「あ、いや、それは……」

取った腕を強く引いて、祐太郎は松井の耳元に口を寄せた。

「わかるよな？　俺が何しにきたか、説明しなくても、想像はつくよな？」

「いや、でも、それは終わった話で……」

「終わった？　いつ終わったの？　ねえ、いつ終わったことになってんの？　脅迫メールを送っておいて、終わった話ってどういうこと？」

祐太郎が声を上げながら言いつのると、松井はかがむように身をすくめた。

「……すみません。あの、でも、脅迫とか、そういうことでは……」

「うん。お金じゃないって書いたもんね。だから、脅迫じゃないって？　金じゃなくて、とにかく会おうって、ねえ、竹内さんにしてみりゃそっちのほうが怖いよね？　わかるよね？」

「すみません、すみません」と松井は身をすくめたまま繰り返した。「もうしませんし、あの、もうしてませんし」

「この件で会いにきたの、俺が初めてじゃないよね？」

「え？」

「この件で、もう一人、会いにきた人がいたでしょ？　こんなことしちゃダメだって、メッしにきた人がいたよね？」

「あ、いや、え？　いえ、誰もいらっしゃっていないと思います」

怯(おび)えながらも、必死で作り笑顔を浮かべようとしている松井が、嘘をついているようには見えなかった。とするなら、和泉翔平は松井を訪ねていないことになるし、松井は和泉翔平がひかれたこととは無関係ということになる。念のために祐太郎は確認した。

「先週の金曜日の夜、あんたどこにいた？」

「先週？　先週はベトナムに」

「ベトナム？」

意外な返答に、思わず声が大きくなった。

「はい、すみません。出張で、仕方なかったんです。先週は水曜日からずっとベトナムでした。帰ってきたのが日曜日です。すみません」

嘘にしては大胆すぎた。

「何か、いろいろ腹の立つ人だな」

「すみません、すみません」

スマホに着信があった。松井の腕を放して確認すると、かけてきたのは圭司だった。

祐太郎はスマホを構えた。

「松井茂、いたか？」

「うん。いたっていうか、今、目の前にいるけど」

「ああ、もうやっちゃったか。まあ、一応、確認してみろ。メールを何通送ったか」

祐太郎はスマホを構えたまま、松井に聞いた。

「あんた、竹内さんにメール、何通送った？」

「あの、五通だと思います」

「五通？」

声を上げた祐太郎に、松井はぎゅっと目を閉じて、身をすくめた。

「すみません。四通だったかもしれません」

「ああ、五通なんだよ」と電話の向こうで圭司が言った。「六通目からはアドレスが変わってるんだ。そいつがアドレスを変えただけだろうと思ってたんだけど、どうもな、違うみたいだ。六通目以降はメールヘッダーを偽装している」

「メールヘッダー？」

「メールがどこから送られて、どういう経路で、どこに着いたか、とか、そういう情報が載っている部分だ。簡単に偽装できるんだが、知り合いに送った脅迫メールのヘッダーを偽装したって意味がない。だから、六通目以降はそいつじゃない」

「ああ、え？　どういうこと？」

「何で五通でやめたのか、そいつに聞いてみろ」

松井は少し気を緩めたように片足に体重をかけていた。祐太郎がどんと床を蹴ると、松井は身をすくませてから、急いで気をつけの姿勢を取った。

「あんた、何で五通でやめた？」

「それは、あの、その前から返事もこなくなっちゃって、このまま続けても会ってくれそうにないし、それに、ちょうどその日、ストーカー規制法の特集をテレビでやっていて、それで怖くなって」

「五通でぱったりやめた？」

「あ、はい」

「やめるなら、ちゃんとやめます宣言してやめろよ。すーっとやめるなよ」

「あ、そうですね。すみません」

「もういいよ。帰れよ。本当にいろいろ腹の立つ人だな」

松井はぺこぺこ頭を下げながら会社に戻っていった。その仕草にも腹が立って、後ろから尻を蹴り上げたい衝動に襲われた。それをぐっと堪えて松井の背中を見送ると、祐太郎はスマホを構え直して、圭司に言った。

「じゃ、六通目以降の脅迫メールは翔平さんが？」

「他には考えられない。そう思って読んでみれば、六通目以降のメールは、確かに少しトーンダウンしている。腰が引けてるんだ。パソコンに送信データはなかったから、スマホから送っていたんだろう」

「でも、どうして……」

「脅迫メールは五通目までは立て続けに送られているが、五通目と六通目は一週間ほどあいているんだ。輝ける騎士として登場しようとタイミングを計っていた和泉翔平は、肝心の脅迫メールが突然、途絶えてしまって、困り果てた。だから、自分で脅迫メールを送りつけた」

「助けるために、脅したってこと？」

「ああ。そういうことだ。どうやって助けるつもりだったのかはわからないが、偶然を装って、近づこうとしたのかな」

「でも、実際には接触してないんだよね？」

「助けに入るきっかけをつかめなかったのか、あるいは」

「何？」

「満たされてしまったのかもしれないな。竹内真美とつながったことに」

圭司の言った意味が、一瞬、わからなかった。スマホから竹内真美に脅迫メールを送る和泉翔平。送ったメールは、竹内真美のアドレスを通じて、自分のパソコンに届く。自分の言葉が、竹内真美を通って、自分のもとに戻ってくる。その様に和泉翔平はほくそ笑む。

「ああ」と祐太郎はため息を漏らした。「本当に脅迫者になっちゃったわけ?」

「和泉翔平が竹内真美をつけ回して写真を撮り始めたのは、最初のメールから二週間ほどあと。六通目のメール以降のことだ。考えてみれば、竹内真美を守るために、写真を隠し撮りする必要なんてない。和泉翔平は他人名義で竹内真美を脅迫して、陰から怯えている様子を観察し、それを写真に撮って楽しんでいた。ストーカーにしてみればフルコースだ。腹もいっぱいになるだろ。いつの間にか、助ける気も失せた」

「いや、でも、翔平さんが、そんなひどい人だとは思えないけど」

「その根拠は?」

「根拠って、そんなのはないけど、部屋を見たときに、そんな気がしたんだ」

「金言日めくりカレンダーでも置いてあったか? 一日一善とか?」

「そうじゃないよ」と言って、祐太郎はその先を呑み込んだ。

　どうであれ、和泉翔平は松井になりすまして脅迫メールを送っていたのだ。その人となりにどんな印象を持ったかなど、意味がなかった。やりきれなくなって首を振り、祐太郎は圭司に頼んだ。

「あのさ、ケイ、ちょっと調べてもらっていい？」

先週の金曜日に人身事故があり、長い渋滞ができた世田谷の国道。それだけの情報があれば、場所を特定するのは圭司にはひどく簡単なことだった。

「どうしてそんなことを知りたいんだ？」

「死んでないから花を供えるわけにもいかないけど、手を合わせてさ、こっちに戻ってこいよって言ってあげようかと思って」

「何だ、それ」

「そう言ってくれる人が誰もいないんじゃ、戻ろうにも戻れないことって、ある気がしないか？」

「しないな」

その会話を交わす間に、圭司は場所を特定していた。祐太郎は電車を乗り継いで、そこに向かった。

『目撃者を捜しています。事故を目撃された方は警察までご連絡ください』

横断歩道の脇にはそんな立て看板があった。そのつもりできたのだが、手を合わせるのは不吉な気がして、祐太郎は横断歩道を見ながら、「早く戻ってきなよ」と胸のうちで語りかけた。しばらく念を送ってからスマホを取り出し、地図アプリで現在地を確認した。目的地の住所を入力すると、現在地から線がつながり、徒歩で二分と表示された。線を追って、祐太郎は振り返った。国道を背にして、少し右手にあった狭い路地に入る。しばらく進んで、一度左に折れると、途端に辺りは静かになる。少し先の右手に四階建ての古いマンションがある。祐太郎はその入り口に立ち、周囲の建物を見渡した。細い道を挟んで向かいに、やはり同じような大きさのマンションがあった。祐太郎はそのマンションに入り、外階段を上がった。二階と三階の踊り場から顔を出し、さっきのマンションの入り口を見下ろす。その光景に見覚えがあった。

「ここか」と祐太郎は一人で呟いた。

和泉翔平のフォルダに、ここから撮った写真があった。夕方、自分の家に帰ってくる、あるいは、朝、会社へ出かけていく竹内真美を撮ったものだ。竹内真美の住所が世田谷だと知ったとき、祐太郎は、和泉翔平が車にひかれたのも世田谷だったことを思い出した。ただの偶然かとも思ったが、確かめてみると、その二つは偶然ではあり得ない距離にあった。

祐太郎はスマホで時間を確認した。午後五時すぎ。会社勤めをしている竹内真美が帰ってくるのは、まだまだ先のことだろう。七時すぎぐらいだろうかと祐太郎は当たりをつけた。

「しょうがない。付き合うよ、翔平さん」

呟いて、祐太郎は竹内真美の帰宅を待った。日が暮れて、徐々に風が冷たくなった。祐太郎はパーカーのフードをかぶり、ポケットに両手を突っ込んだ。外階段を通る人はいなかった。ここで和泉翔平はどんな思いで竹内真美の姿を撮ったのか。祐太郎は想像してみた。長い間、引きこもってニート生活をしていた和泉翔平。が、三十を前にして、親に涙ながらに家を追い出され、アパート暮らしを始めた。携帯ショップで働き始めたのは、一大決心の末だったろう。その姿は滑稽なまでに無様なものだった。年下の同僚からあざけられ、さげすまれながら、それでも働き続けた。そのころの彼を支えたのは何だっただろう？　ここで折れたら、もう二度と立ち上がれなくなる。そんな悲壮な決意だっただろうか。ただ堪え忍ぶだけの砂をかむようなモノクロの日常に、ある日、一人の女性客が現れる。シンプルな服に、ナチュラルなメイク。おそらく、親切な人だったのだろう。和泉翔平の、しどろもどろの接客を笑うことも、怒ることもなく受け止めてくれた。そのときから、モノクロの日常に色彩が宿った。彼女はどんな人なのか、和泉翔平は知りたくてたまらなくなった。

「まあ、ダメなんだけどね」

一人で呟き、祐太郎はちょっと笑った。

竹内真美が帰宅したのは、予想よりずっと遅く、張り込みを始めて三時間半後だった。

「ああ、ちょっと」

近づいてきた人の顔を街灯の光で確認し、祐太郎は声を上げた。マンションのエントランスに入ろうとしていた竹内真美が、驚いたように首を回し、やがて大きく手を振っている祐太郎を見つけた。

「すんません。今、行きますから、ちょっと、ちょっとだけ待っててください。いいっすか？」

祐太郎は階段を駆け下りた。竹内真美は、マンションの入り口で身を硬くしてスマホを握りしめていた。

「何ですか？　警察を呼びますよ」

祐太郎はフードを取り、頭を下げた。

「こんばんは。ああ、いや、驚かせてごめんなさい」

「あなたも松井さんの仲間ですか？　言ったはずです。奥さんにすべて話すと。そう伝えましたよね？」

「ああ、え？　あ、そうなんですか？」

「そうなんですかって……」

祐太郎の反応に、一瞬、言葉を詰まらせたが、竹内真美はすぐに言葉を継いだ。

「トシキさんが離婚したと教えてくれたこと、今となっては感謝しているくらいです。松井さんからのメールがなければ、もう一度、トシキさんと連絡を取ることなんてなかったでしょう。連絡を取るようになって、お互いの気持ちをもう一度確認できて、私も、トシキさんも、覚悟を決めました。奥さんにこれまでのお付き合いのすべてをきちんと話し、できる限りの謝罪もして、私はトシキさんと結婚します」

威嚇するようにスマホを構えながら、竹内真美はそう言った。震えているのは、緊張と怒りのためのようだった。祐太郎は天を仰いだ。

「先週の金曜日、その話を誰かにしましたか？」

「金曜日？　あなたの仲間が、まさにこの場所で待ち伏せしたのが金曜日でしょう？　ええ、そのときに伝えました。メールに返信をしなくなったのは、そういうことで、だからもう私たちには構わないでくれと。そうしたら、二度とこないと約束しましたよね？　人が替われば、約束も無効ですか？　私は松井さんと会う気はありませんし、お金を払う気ももうありません」

金曜日の夜、和泉翔平は竹内真美の前に姿を現した。まさか面と向かって脅迫するつもりではなかっただろう。そんな度胸は和泉翔平にはない。かといって、輝ける騎士を演じられる状況でもなかった。だったら、何のつもりで姿を現したのか。

自分の罪を告白するためだ、と祐太郎は思った。自分の罪を告白するために、和泉翔平は、決死の覚悟で、すべての証拠が入ったスマホを手に、竹内真美の前に現れた。が、『ど底辺』の『コミュ力』がその足を引っ張る。言いたいことをうまく伝えることなど、和泉翔平にはできなかった。突然現れた事情を知っている風の男を、竹内真美は松井の仲間だと思い込んだ。

「前の、その男は、俺や松井の仲間じゃありません」と祐太郎は言った。「その男は、つまり、あなたの味方で、そいつに言われたので、俺も松井ももうきません。二度と、誰もきません。それだけ、伝えにきました。驚かせて、すみませんでした」

竹内真美はまだ敵意をむき出しにして、祐太郎を睨んでいた。和泉翔平のためにもう少し何かを言いたかったが、うまい言い方が浮かばなかった。

「すみませんでした」

もう一度、頭を下げて、祐太郎はきた道を戻った。先週の金曜日、やはりここをたどったはずの和泉翔平の足取りを想像した。むき出しの敵意をぶつけられたこと。かつての不倫相手との結婚を決めたこと。どちらがよりショックだっただろう。あるいは竹内真美が自分の顔を覚えてすらいなかったことに傷ついたか。和泉翔平はふらふらと路地を抜け、国道に出た。前からやってきた人とぶつかり、よろけて、赤信号の横断歩道へ。そこにたまたま大量の荷物を積んだ、小回りの利かないトラックが通りかかった。

「報われない人だよな」と祐太郎は横断歩道に呟いた。泣ける気分でも、笑える気分でもなかった。


並んだ郵便受けに『和泉』の文字を探し当てた。直接、部屋を訪ねようと思っていたのだが、五階に行くために待っていたそのエレベーターにもこもこは乗っていた。

「おお、後輩」とエレベーターから降りてきたもこもこは言った。今日も青いもこもことした服を着ていた。この前の服と同じかと思ったが、よく見てみると、デザインが違っていた。「え？　何？」

「ああ。その後、どうなったか聞こうと思って。翔平さん、どうなの？」

「まだ昏睡中。むしろ絶賛昏睡中」

「そっか。あ、ひょっとして、今から病院？」

「声をかけてあげてください、きっと聞こえてますからとか、善良そうなだけの看護師の根拠のなさそうな言葉に親がくるくる踊らされちゃって。時間がある限り、私が行く羽目になった。どうやらライブは行けないみたいだから、チケット代はいらなくなったけどね」

祐太郎が促すと、もこもこは歩き出した。祐太郎はその隣に並んだ。

「じゃあ、翔平さんのものを売るのは、やめたの？」

「漫画はもう送っちゃったから、面倒臭くなって売った。あの段ボール一箱でいくらになったと思う？　千二百円だよ。なめてると思わない？　ひどいぼったくりだよ」

「フィギュアとグッズは？」

「どうせお金にならないだろうから、そのままにしてある」

「そっか」

二人はしばらく黙って歩き続けた。すれ違う人はやっぱりもこもこをじろじろ見ていて、もこもこはやっぱりそれを気にしていなかった。小さな公園の角をまがったところで、突然、「あのさあ」と大きな声を上げ、もこもこはぴたりと足を止めた。

「何なの？　男につきまとわれると、喜びより先に身の危険を感じてしまうブスの乙女心、察してくれない？　お金ならないよっていうアピールは、伝わってる？」

「お金はいらないし、え？　ブスなんてことないよ。ちょっと恰好とか、まあ、全体的に、その、個性的ではあるけど」

「うん。この話題を長く続けるのはやめよう。あんたは苦しくなるし、私はつらくなる。で、何の用なの？」

「あの、いや、用っていうほどのことじゃないんだ。俺の考えすぎかもしれないし。ただ、ちょっと思いついてさ。だから、君に伝えておいたほうがいいのかもしれないなと思って」

想像力がポンコツだ。圭司の言葉がよみがえったが、観察力は認めるとも言われた。それを頼りに、祐太郎は言った。

「翔平さん、本当に『シニアイ』とか『北枕』とかが好きだったのかな？」

「何？」

「どういうこと？」

「いや、たまに泊まりにくる妹と会話するために、薦められたアニメにはまったふりをしたんじゃないかと思ってさ。うまく会話ができないから、せめて共通の話題を用意しようって考えて。だって、フィギュアも、キャラクターグッズも、机の上に並べた分しかなかった。好きで買ってたっていうより、誰かに見せるために買い揃えたように俺には見えたよ。『北枕睡』を集めたのは、人気がなくて、一番、手に入れやすいキャラだったからなんじゃないかな？」

もこもこは祐太郎の言葉の途中から腰に手を当てて、斜め上を見ていた。しばらくそのポーズを続けてから、今度は自分の足下を眺め、やがて「ふむ」と呟いて、腕組みをした。

「それは検討に値する意見かもしれない。兄貴がはまるなんて、おかしいとは思ったんだよね。アニオタの資質があるなら、引きニート時代になっているはずだもんね。ミリオタ系の匂いは少しあったけど、小さいころからアニメには食いつきが悪かった」

「まあ、考えすぎかもしれないけど」

「いや、検討に値するよ。少し検討してみる」

「うん。検討してみて」

じゃ、と言い合って、祐太郎はもこもこと別れた。が、少し歩いたところで呼び止められた。

「ねえ、後輩」

祐太郎が振り返ると、もこもこはさっきと同じ場所に立っていた。

「あんた、何者？　後輩なんかじゃないよね？」

「え？」

「兄貴がバイト先の後輩と昼飯？　ない、ない。うちの兄貴のコミュ力、なめんなよ。誰かと一緒に昼飯なんて行けるわけない」

「ああ、いや、そんなこと……」

「いいの、いいの。兄貴の味方みたいだから、そこはいい。ただ、たぶん、もう二度と会えないんだろうって思うから言っておく。ありがとう」

そう言って、にっと笑うと、もこもこはそのまま後ろ向きに歩き出した。

「何だか、兄貴、近いうちに目を覚ましそうな気がしてきたよ」

「ああ。覚ますといいね」

「そうだね」

もう一度、じゃ、と言うと、もこもこはくるりと前を向き、さっきより幾分早足で歩いていった。その背を見送っていると、スマホに着信があった。圭司からだった。

「どこにいるんだよ。仕事だ。戻れ」

「あ、ああ。ごめん。すぐ戻る」

祐太郎は電話を切った。見上げた空は薄曇りで、晴れるつもりも雨を降らせるつもりもなさそうだった。

「さえない天気だな」と呟いて、祐太郎は笑った。それは、和泉翔平が目を覚ますには、ぴったりの日に思えた。


事務所に戻ると、圭司のデスクの前に舞がいた。舞が詰め寄り、圭司が困っている。そんな図に見えた。もともと和気藹々(あいあい)とした姉弟ではないが、ここまで張り詰めているのも珍しい。

「ただいま。ああ、舞さん。いいタイミング。これ、クッキー」

祐太郎は紙袋からクッキーを取り出し、デスクに近づいた。二人の間に紙袋を置き、一口かじって声を上げる。

「おお、うまい」

舞は圭司を見つめ、圭司は視線をそらしたまま、膠着状態が続いている。

「やっぱチョコクッキーだよね。いや、ずっと引っかかってたんだよ。出てこなくてさ。あ、クッキーモンスターだって、ひらめいたときから、もうたまらなく食べたくなっちゃって。一枚、どうぞ」

紙袋から一枚取り出して、舞に勧めた。手にした舞は、祐太郎には目もくれずにクッキーを一口に放り込んだ。

「書面がないからとか、言い訳はしないわよね？　これは、ケイと私との間の、暗黙の契約だったはず」

もごもごとクッキーを咀嚼しながら、舞が言った。

「程度ってものがあるだろ」と圭司がため息をついた。「この前、見せたばかりだ。月に一、二回。その程度が暗黙の了解だったはずだ」

ぶすっと黙り込んだ舞は、「もう、いい」と言って、クッキーの袋を手にすると、圭司にくるりと背を向けた。出ていく際に、がたん、と大きな音を立ててドアを閉める。唖然と見送ってから、祐太郎は圭司に視線を戻した。

「あ、クッキーのことは気にしてないけど、大丈夫？」

「大丈夫だ」

「何かあったの？」

「何もない。ただの家賃請求だ」

「家賃請求？　それって、何？」

どうせ答えないだろうと思っていたのだが、圭司は舞が出ていったドアを見たまま、ぼそりと言った。

「覗きだ」

「覗き？　え？　覗きって？」

「モグラが管理しているデータをアットランダムに一つ見せる。それが舞に支払っている家賃だ」

「そんなこと……」

できるの、と聞きかけ、できるだろう、とすぐに思った。信号がきた時点で、モグラから依頼人のデバイスへのリモート操作が可能になる。が、それを可能にするアプリはすでに依頼人のデバイス内で起動しているのだ。アプリを作った圭司に、その程度のことができないはずがなかった。

次に、していいの、と聞きかけ、いいわけがない、とすぐに思った。まだ生きている依頼人の、一番見られたくない秘密を見せるのだ。たとえ依頼人の素性を明かさなかったとしても、やっていいはずがない。それを一番嫌うのは、他の誰でもなく、圭司自身のはずだった。

「許されることじゃないし、やっていいことでもない。わかってはいるが、あれはもう病気だ。俺が提供しなければ、どんな手を使っても見ようとするだろう。自分のものだと主張して、うちの事務所のすべてを差し押さえることだって、やりかねない」

そこで初めて圭司は祐太郎に視線を向けた。

「軽蔑（けいべつ）するか？」

「まさか」と祐太郎は言った。「しないよ」

咄嗟にそう答えてから、それは圭司のことではなく舞のことを聞いたのかもしれないと思った。

祐太郎の視線をしばらく探っていた圭司は、やがて視線を外し、呟いた。

「クッキー、食べ損ねたな」

「また買ってくるよ」

ソファに腰を下ろし、祐太郎はタマさんから習った伸びを一つした。ぐっと背筋を伸ばし、ほっと力を抜いたときに思いついた。

「あのさ、ケイ、翔平さんのことだけど」

その思いつきを逃がさないよう、祐太郎は自分自身でも検証しながら言葉にしてみた。

「翔平さんは、竹内真美さんが病的に好きだったんじゃなくて、実は声をかけるチャンスをうかがっていただけなんじゃないかな」

「何の話だ？」

「ただ声をかけるだけでも、翔平さんにはとてつもなく難しいことだった。だから、竹内真美さんのことを知ろうとした。松井の脅迫のことを知っても、それで竹内さんをどうにかしてやろうとか思ったんじゃなくて、翔平さんは、ただ声をかけるきっかけにできると思ったんじゃないかな。だから〝脅迫メールがやむと、困ってしまって、なりすまして脅迫メールを送ってしまった。長く続ける気はなかったと思うよ。早く声をかけなきゃって思って、だから写真を撮ってさ、必死にイメージトレーニングをしたんだ。どこでなら竹内さんに声をかけやすいか。どんな言葉なら無理なく口にできるか。おはよう、こんにちは、こんばんは。僕のことを覚えてますか？　何か困ったことでもあるんですか？　松井の名前で脅迫を続けながら、たった一言でいいから声をかけようとしていた。そして金曜日、ついに決心して、竹内真美さんの前に出ていった。でも、タイミングが悪かった。何も言えないまま、竹内真美さんからきつい対応をされてしまう」

その夜、竹内真美の前に現れた和泉翔平が用意していたのは、罪の告白でも、ましてや脅迫でもなく、実は『こんばんは』。そんな簡単な一言だったのではないだろうか。そこから竹内真美と何かが始まるわけではない。和泉翔平にもそんなことはわかっていた。和泉翔平は、ただ目の前にある扉を開けたいだけだった。

そのことについて、圭司はしばらく考えているようだった。

「だとしたら、惨めだな」とやがて圭司は口を開いた。「惨めすぎる」

「そうかな」

もう一度考えてみたが、それを惨めだとは、やはり祐太郎には思えなかった。和泉翔平にとって、他人と関わることはそのくらい重大な問題だった。そういうことなのだろうと思った。

「俺はそういう人となら友達になりたいと思うけどな。なってあげたいとかじゃなく、何だろうな、普通に自然に仲良くなれる気がする」

「そうか?」と聞いた圭司は、祐太郎の返事を待たず、すぐに首を振った。「やっぱりお前は変わってる」

祐太郎は笑い、圭司に聞いた。

「それで、仕事って?」

「ああ、そうだ。今度はこれだ」

モグラを操作すると、圭司は画面を祐太郎に向けた。そこにあるのは、どんな秘密なのか。祐太郎はそっと深呼吸をしてソファから立ち上がり、デスクに向かった。

ドールズ・ドリーム

Dolls Dream

事務所のドアを開け、いつも通り気軽な挨拶を口にしかけてから、祐太郎は言葉を呑んだ。圭司と舞、それにもう一人、知らない男が事務所にいた。祐太郎が働くようになってから、事務所に舞以外の来客があるのは、それが初めてだった。それぞれの表情は穏やかだったが、部屋の空気は刺々しかった。祐太郎はそれとなく男を観察した。四十前後。彫りの深い顔。背は祐太郎より低いが、胸板は厚い。濃いグレーの、高そうなスーツをノーネクタイで着ている。事務所に入っていった祐太郎にちらりと視線を向けたが、意に介する価値を認めなかったのか、男は何も見なかったかのようにデスクの向こうにいる圭司に視線を戻し、やがてその視線を自分の隣に立つ舞に向けた。

「つまり、妻と契約したことを認めない？」

殊更穏やかな口調は、崩れかけた感情の裏返しに聞こえた。バランスを失いかけている男に配慮するように、舞がゆったりと応じた。

「認めるか認めないかも含めて、お答えできないと申し上げています。申し訳ないのですが、私どもの立場もご理解ください」

「立場というのなら、君は私の顧問弁護士ではないのかな？」

「その通りです」

「それでも、私の質問に答えない？」

「答えたくとも答えられないと申し上げています。私どもは、トシマさんのためだけに働いているわけではありません。他の顧客に関する質問に答えるわけには参りません。それがたとえ、配偶者のものであってもです」

「答えなくてもいい。頷（うなず）くか、首を振るかだけでも構わない」

「トシマさん」

　言い聞かせるように言って、舞はじっと男を見た。男はひるむことなく強い視線で言葉を返した。

「アスカは私の妻だ。私の妻に、私の顧問弁護士を、私が紹介した。妻は私のお金で、私の顧問弁護士に仕事を依頼した」

「厳密に言うと違いますね」

　圭司がデスクの向こうから、うんざりしたような声を上げた。その声色に、男の眉（まゆ）がひくりと震えた。

「仮に奥さんが仕事を依頼していたとしても、その依頼先はうちです。『ｄｅｌｅ．ＬＩＦＥ』。姉が所長を務める『坂上法律事務所』と業務提携はしていますが、組織としては別会社です。仮に、奥さんがうちに依頼をしていたとして、そのデータを見せろ、と姉に要請されても、うちはそれを拒否します。裁判所の令状などがあれば別ですが」

圭司の言葉に、男はゆっくりと二度、頷いた。

「君が私の立場ならどう思う?」

男は待っていたが、圭司は何の反応もせず、淡々とした視線で男を見ていた。

「自分の妻が死にかけている。その妻が、死に際して削除しようとしているデータがあることがわかった。それは人には見せられないような、醜いものなのかもしれない。けれど、そうではなかったら? たとえば、妻の最後の未練がそこに書かれていたら? もし生きられるのなら、こんなことをしてみたかった。そんな願望が詰め込んであったら? それは私にはかなえられないものなんだろう。だからこそ、妻は誰にも見せずに削除しようとしているんだろう。それでも、見たいと思わないか? ほんの一部でもかなえることができるなら、かなえてやりたいと思わないか?」

やはり圭司は反応しなかった。男の声が震えた。

「妻は三十八だ。まだ三十八だぞ? それなのに私はただ見ていることしかできない」

絞り出すような男の声に、圭司は目を細め、小さく唇をかんだ。が、圭司が示した反応はそれだけだった。

　圭司の顔をじっと見て、男は諦めたように何度か頷いた。

「これから、ずっと先。いつか君の大事な人が死んでしまうそのときに、今の自分の残酷さを思い知るといい」

　そう言うと、男は事務所を出ていった。その捨て台詞は、呪詛にも聞こえた。男の刻んだ呪いの言葉が虚空に留まっているようだった。

「あ、えっと、どちらさんだった？」

　わざとおどけた口調で祐太郎は聞いた。応じたのは舞だった。

「トシマハヤト氏。介護職専門の人材派遣の会社を起こして、成功した。事業経営に関する法律相談なんかも含めてうちと契約しているんだけど、ずいぶん前にケイの会社のことを喋ったら、それが奥さんに伝わっていたらしくてね」

「二ヶ月ほど前に、舞を通じて、うちに依頼があった」

　頷いた舞は、お尻を投げ出すようにしてソファに腰を下ろした。

「奥さん、去年、癌が見つかったらしいの。手術をして、治療も続けているんだけど、難しい状況みたい。もしものことを考えたときに、何か思うところがあったんでしょうね」

　それがトシマ氏の耳に入り、トシマ氏が乗り込んできたのだと祐太郎も了解した。

「あああああ」とやりきれない思いを吐き出したらしい舞は、だらしなく姿勢を崩して、ソファの背もたれに頭を預けた。「新人くん、コーヒー、淹れてくれる？」

「あ、買ってきます。レギュラーサイズでいいっすか？」

動きかけた祐太郎を舞が制した。

「ここ、コーヒーメーカーもないの？　それならいいよ。上で飲む」

ため息をついて立ち上がり、舞はドアのほうへ歩き出した。

独り言かと思うほど、小さな呟きだった。ドアノブに手をかけて一呼吸置いてから、

「君が私の立場ならどう思う？」

舞は圭司を振り返った。

「大事な人が自らの死後にデータを削除するよう第三者に依頼していて、もしそれを見ることができたとしたら、ケイは見る？」

圭司と舞の視線が絡んだ。外したのは圭司のほうだった。

「親父はそういう人ではなかった」

「パソコンも、スマホも、タブレットも、突然、死んだにしては、やけにきちんと整理されていた。そう感じたのは、私の気のせい？」

舞の視線は圭司からはがれなかった。

「気のせいだろ。もともと、そう面白みのある人じゃなかった」

舞は待っていたようだが、圭司が舞に視線を戻すことはなかった。さらにもうしばらく待ってから、舞は少し笑った。

「まさかこっちに乗り込んでくるとは思わなかった。今後、こういうことがないように気をつける。悪かったね」

ひらりと手を振り、舞は事務所を出ていった。

「親父さんって？」と祐太郎は聞いた。

「何でもないよ」と圭司が言った。


渡島明日香(としまあすか)のスマホからモグラに信号が届いたのは、その翌月のことだった。

「依頼人は渡島明日香、三十八歳。自分のスマホが二十四時間操作されなかったとき、クラウド上のこのフォルダの中をすべて削除するよう依頼している」

情報を確認した圭司が、祐太郎にモグラの画面を向けた。『T・E』とタイトルのつけられたフォルダがある。

「ああ、クラウドね。うん」と頷き、祐太郎は笑った。「クラウド？」

「データを端末ではなくインターネット上に保存しておくこと。そうしておけば、どの端末からでもデータにアクセスできる。取りあえず、そう理解しておけばいい」

「ああ、うん。で、そのクラウド上の、フォルダではなく、フォルダの中身って言った?」

「この設定だとフォルダを残して、中のデータだけを削除するよう要請していることになる」

「中身は空っぽになるけれど、この『T・E』っていう名前のついたフォルダだけは残るってこと?」

「そういうことだな」

不可解というほどではないが、一風変わった設定の仕方だった。

「とにかく、死亡確認を取ってくれ。これが依頼人の携帯番号」

圭司に言われ、祐太郎はその番号に電話してみた。が、コールもせずに、留守電の応答メッセージが流れ出した。

「ダメだね。呼び出しもない。直で留守電」

「入院中だから、そういう設定にしているのかもしれないな」

圭司がメモ書きを差し出した。

「こっちもかけてみろ。舞から聞いた渡島氏の携帯番号だ」

「舞さんにかけてもらう、っていう感じでもないか」

渡島氏が事務所にきたときのことを思い出して、祐太郎は言った。

「ああ。いつも通りにやってくれ」

祐太郎は設定を考えた。

「住居は、戸建て？　マンション？」

圭司はモグラのキーを叩いた。

「マンションだな。部屋番号からするなら十六階」

大きなマンション。ならば住人同士の交流は希薄だろう。管理組合の役員を名乗るつもりで、祐太郎は電話をかけた。が、渡島氏の携帯は電源が入っていなかった。留守電にも切り替わらない。嫌な予感しかしなかった。

「病院にいるのか、そうじゃなかったら……」

「電話どころじゃない状態か、だな。自宅を確認してきてくれ。亡くなっているなら、何か動きがあるはずだ」

「渡島さんには……どうしよう？」

「依頼は半ばばれているんだ。見つかってしまったら、それはそれで仕方がない。絡まれる覚悟だけ、しておけ」

「わかった」

渡島氏の自宅は、江東区にあるタワーマンションの一室だった。祐太郎は一人でそこへ向かった。

そびえ立つマンションの先端を反り返って眺めてから、祐太郎はエントランスに入り、自動ドアの脇にある操作盤で部屋番号を押した。渡島氏が出たら素直に尋ねるしかないと思っていたのだが、応答したのは若い女の声だった。

「はい。どちら様でしょう？」

背後に小さくピアノの音が聞こえた。曲を弾いているのではなく、手慰みに鍵盤を叩いているだけらしい。メロディになっていなかった。

「あ、俺、じゃない、自分は真柴って言います。あの、明日香さんは、今は……」

「こちらにはいませんけど」

曖昧な言い回しだった。見も知らぬ人に、入院していると言うわけにはいかないからだろう。口ぶりからするなら、どうやら亡くなってはいないようだった。

「ああ。旦那さんは、ハヤトさんは、今は病院でしょうか。お電話しているんですが、つながらなくて」

夫婦の下の名前まで知っていて、奥さんが入院しているのを承知している。そうわかって、多少、警戒を解いたらしい。

「ええ。渡島さんは、朝からお見舞いに」

「明日香さん、お加減、よくないんですか」

「詳しいことは、ちょっと、私からは……」

ぼやかした答えだったが、もし亡くなっているのなら、もっと違う言い方になるだろう。

「ああ、そうですよね」

そう言って通話を打ち切ろうとしたとき、ピアノの音がやんで、違う声が聞こえた。

「だーれー？」

「ん？　パパのお知り合いみたい。カナデちゃんは気にしないでいいよ」

渡島明日香を訪ねたのに、ママのお知り合い、とは言わなかった。この家ではもう『ママ』という言葉を発することがデリケートな行為になっているのだろうと祐太郎は感じた。

「じゃ、病院に行ってみます。ありがとうございました」

オートロックの操作盤に向けて言うと、祐太郎はマンションのエントランスを出た。

圭司に電話をかけて、入院先を問い合わせる。圭司はその場で渡島明日香のスマホを探った。位置情報からすると、スマホは同じ区内の大きな総合病院にあるとのことだった。

「そこが入院先だろう」

「様子からして、まだ亡くなってはいないみたいだけど、そっちに行って確認してくるよ」

「わかった」

「あ、ケイ」

「何だ？」

「渡島さん、娘さんがいるみたい」

「ああ、今、依頼人のスマホで見た。渡島カナデ。演奏の奏でカナデ。まだ五歳だな。幼稚園の年長か」

「そう」

五歳の娘を遺（のこ）して死んでしまうかもしれない依頼人。見上げた空の青さに、祐太郎は目を細めた。

「写真もあった。その子、ランドセルを背負（しょ）ってたよ」と圭司が言った。

来年の入学式。自分は見られるだろうか。そんな思いで撮ったのだろう。

「そっか」

「何かわかったら、連絡しろ」

圭司が言って、電話を切った。

スマホをしまい、歩き出そうとしたとき、渡島氏の姿が目に入った。駐車場に車を停めて、ちょうど降りたところだったようだ。車をロックした渡島氏は、エントランスに向かって歩いてきた。祐太郎を見つけて足を止めた渡島氏が、訝（いぶか）しげに眉を寄せた。が、どこで見た顔だったか、すぐに思い出したようだ。

「何をしに……」

聞きかけた渡島氏は聞き終える前に答えに気づいたのだろう。表情が険しくなった。ずんずんと近づいてきて、祐太郎の目の前で足を止める。肩が震えていた。祐太郎は襲ってくるであろう拳に備えた。が、次の瞬間、渡島氏は体から力を抜いていた。

「まるで死神だな」

「そんな……」

「確認しにきたんだろ？　明日香が死んだかどうか」

「あ、いや……」

答えられずにいる祐太郎を見て、渡島氏は唇を歪めるようにして笑った。

「あいにくだな。まだ生きているよ。今まで病院にいたから、確かだ」

「ああ。そうっすか。よかった」

少し躊躇したが、今更、依頼があったことを誤魔化す必要もないだろうと思い、祐太郎は脇を通りすぎた渡島氏を振り返った。

「あの、奥さんに頼むわけにはいかないんすか？　奥さんの許可があれば、うちだってデータを……」

渡島氏が立ち止まり、振り返った。

「もちろん、頼んだよ。頼んでもはぐらかされるから、そちらにお願いしに行ったんだ」

「もっと、強く頼むわけには……」

「そうするには、もう遅いな。明日香は今、大半の時間、薬で意識がもうろうとしている。問い詰めるようなことはしたくない」

渡島氏が事務所に乗り込んできてから一ヶ月弱。容態は確実に悪いほうへと進んでいたようだ。二十四時間、スマホにさわれないほど、奥さんの具合は悪くなっている。

「そうっすか。そうっすよね」

マンションのほうへ体を戻しかけた渡島氏は、思い直したように祐太郎に向けて言った。

「君、上がっていくか？」

「え？」

「うちを訪ねてきたんだろ？　コーヒーぐらい出す」

祐太郎の返事を待たず、渡島氏は歩き出していた。ついてこないならそれでもいい。そんな足取りだった。

「あ、はあ」

祐太郎は渡島氏のあとを追って、マンションに戻った。オートロックの自動ドアを抜けて、エレベーターで十六階に向かう。渡島氏が玄関を開けると、幼い女の子と二十代後半くらいの女性が二人を出迎えた。女性は、渡島氏の背後にいる祐太郎を見つけ、声を上げた。

「ああ。さっきの、真柴さん？」

「真柴祐太郎っす」と彼女に頭を下げ、その足の後ろから半分だけ顔を出している女の子にも声をかけた。「おっす」

祐太郎がにまっと笑いかけると、女の子はさっと顔を隠した。が、すぐにまた顔を半分出して、祐太郎を見つめた。目が笑っている。

「娘の奏だ。彼女は佐藤さん。私の留守中、奏の面倒を見てもらっている」

祐太郎のことは仕事で知り合った人だと曖昧に紹介して、渡島氏は部屋に上がった。

「そのスリッパ、使ってくれ」

言われて祐太郎はスリッパを履いた。奏ちゃんが渡島氏に両手を広げていた。渡島氏は、よいしょと呟き、奏ちゃんを抱っこして歩き出す。いつものことなのだろう。よどみない動きだった。渡島氏のあとについていくと、自然に渡島氏の肩から顔を出している奏ちゃんと目が合うことになる。

「さっきピアノを弾いてたね。ピアノ、上手なの？」

奏ちゃんは照れて笑いながら、ふるふると首を振った。

「何か弾いて聴かせてよ」

　奏ちゃんはくしゃっと笑って、渡島氏の胸に顔を埋（うず）めた。

　廊下の先に明るく広いリビングがあった。少し大きめのダイニングテーブルと、少し大きめのソファセット。やはり少し大きめの窓からは、ベランダの向こうに東京駅近くのビル群が見通せた。壁際にはアップライトピアノがある。

「ワン、ツー、スリー」と弾みをつけて、渡島氏は奏ちゃんの体をソファに投げ出した。

　きゃっきゃと笑う奏ちゃんの姿に微笑むと、渡島氏はキッチンへ足を向けた。

「佐藤さんもコーヒー、飲む？」

「あ、コーヒーでしたら、私が」

　ソファに座りかけていた佐藤さんが腰を浮かせた。

「いいよ。佐藤さんはシッターさんで、お手伝いさんじゃない。ああ、よかったら奏にピアノを弾かせてくれないか？」

「奏ちゃん、ピアノ弾いてくれる？」

　佐藤さんが言うと、投げ出されたままソファに寝転んでいた奏ちゃんは、体を転がすようにしてソファから下り、壁際のピアノに歩いていった。佐藤さんが椅子を引いて奏ちゃんを座らせ、椅子を戻して、鍵盤の蓋（ふた）を開けてやる。

「あ、録音」と奏ちゃんが言った。

「はい、はい」

佐藤さんがピアノの上に手を伸ばした。手にしたのはスマホらしかった。

「スマホで録音するんすか？」と祐太郎は言った。

「奥様が前に使っていたスマホらしいです」

「今は奏のなの」と奏ちゃんが言った。「ママにもらったの」

「デジタルネイティブって、こういうことですよね」

佐藤さんは祐太郎に笑いかけた。録音もできるし、写真も、動画も撮れる。そう考えると、今時のスマホはスマホとしての役割を終えても使い道がいろいろある。子供にとってはたまらなく素敵なおもちゃだろう。

「じゃ、録るね」

佐藤さんが画面をタップして、スマホをピアノの上に戻す。

それを確認してから鍵盤に目をやった奏ちゃんの背筋がすっと伸びた。ふわりと両手が鍵盤に乗る。真剣なまなざしを虚空に据える。幼い女の子から急に少女に成長したかのように見えた。

祐太郎は息を詰めてその様子を見守った。やがて体をゆったりと前に押し出すようにして、少女の指が鍵盤を叩いた。その瞬間、祐太郎は噴き出しそうになった。ぐっと堪(こら)えてそらした視線が佐藤さんの視線とぶつかった。笑うな、というような厳しい目で祐太郎を見ながら、佐藤さんの口元もひくひくしていた。仕草や表情はプロのピアニストのようだったが、一音、一音が途切れていて、メロディの全体像すら把握できなかった。先ほど、インターホンから聞こえてきたのも、手慰みではなく、真剣な演奏だったらしい。

最初の衝動を乗り越えてしまえば、年相応のたどたどしい演奏は微笑ましかった。祐太郎は一人がけのソファに座り、その演奏を聴いた。コーヒーを淹れた渡島氏もやってきて三人がけの長いソファに座った。佐藤さんも渡島氏と同じソファに少し距離を開けて腰を下ろした。訥々(とつとつ)とした演奏がしばらく続いたあと、ふと音が途切れた。ずいぶん長く次の音が出てこない。正しい鍵盤を探せずに困っているのかと思ったら、演奏はもう終わっていて、奏ちゃんは余韻に浸っていたらしい。おもむろに椅子から下りて、三人に向けてもったいぶった様子で頭を下げた。祐太郎は立ち上がって、大きく拍手した。そこまでの賞賛は予想していなかったのか、奏ちゃんは照れて顔を伏せながら小走りにやってきて、渡島氏の隣にちょこんと座った。代わりに佐藤さんが立ち上がり、ピアノの上のスマホを手にして、録音を止めた。

「今のは何ていう曲？」とソファに座り直して、祐太郎は聞いた。「聴いたことあるような気がするんだけど」

「『人形の夢と目覚め』」

「ん、知らないな。有名な曲？」

　奏ちゃんは首を傾げた。

「ママに教えてもらった」

「ああ、そうなんだ」

「ピアニストにしたいわけでもなし、厳しいレッスンを受けさせる気はなかった。奏がその気になったときに、明日香が教えていたんだ。明日香も小さいころピアノをやっていてね。自分が厳しく教えられたから、奏にはそんな風に音楽に触れてほしくないと言ってね」

　奏ちゃんの頭を撫でながら、渡島氏が言った。奏ちゃんの腕前の言い訳をしているようでもあり、そのときの情景を懐かしんでいるようでもあった。

「奏はまだこの曲しか弾けないんだが、かわいい曲だろ？」

「そうっすね」

「ママは病院にいるから、録音したのを聴いてもらうの」と奏ちゃんが言った。

「また明日、パパが持っていくよ」と渡島氏が言った。

「ママ、きっと喜ぶね」と祐太郎が言った。

「うん」

奏ちゃんはにんまりと笑った。

祐太郎に馴れると、奏ちゃんはピアノのことや幼稚園の友達のことをいろいろ話してくれた。その年ごろにしては上手な語り手なのだろう。奏ちゃんのことを知らない祐太郎にも、奏ちゃんの日常生活を垣間見ることができた。話が一段落した機をとらえて、渡島氏が佐藤さんに声をかけた。

「ちょっと奏の部屋に行っててくれるかな。真柴くんと話がある」

「あ、はい。奏ちゃん、行こう」

佐藤さんが奏ちゃんを連れてリビングを出ていった。二人がいなくなると、急にリビングががらんとしたように感じられた。奥さんが死んだあとのこの家の姿を暗示しているようだった。

「かわいいっすね、奏ちゃん」と祐太郎は言った。「頭もいいし。普通、あの年で、あんなにきちんと話せないでしょう?」

「ああ、そうなのかな」と渡島氏は言った。「コーヒー、もう一杯どうだ?」

「あ、いえ、もう」

「そう」

渡島氏は上げかけていた腰を戻した。一つ息を吐くと、両手を組んで、祐太郎を見た。

「君にお願いするわけにはいかないだろうか？」

「え？」

「明日香が削除依頼したデータだよ。見せてもらえないか？　君ならばやってくれるんじゃないかと思って」

「あ、ああ」

「近い将来、明日香はいなくなる。そうならないように願っているが、それが奇跡に近いことだともわかっている。奏はまだ五歳だ。母親の記憶はすぐに薄れてしまうだろう。それでも、できる限り母親の姿を覚えていてほしい。明日香が君たちに託したデータは、大事なピースのような気がするんだ。母親がどんな人であったのか。その記憶は、たとえば十五の、たとえば二十歳の奏を支えるかもしれない。あるいは奏が母親になったとき、あるいは奏が子育てに悩んでいるとき、それは知っておいたほうがいいもののような気がするんだ。言っている意味、わかるかな？」

「わかります」と祐太郎は頷いた。「わかると思います」

「今すぐ見せろとはもう言わないよ。明日香がいなくなったそのあとでいいんだ。削除依頼を実行しないで、私に見せてほしい」

「俺にはできないんす。削除依頼があったデータにアクセスできるのは、ケイ、ああ、うちの所長だけなんで」

「そう。そうか」

渡島氏が肩を落とした。

「でも、俺からも頼んでみます」

渡島氏が顔を上げた。

「俺もやっぱり、それ、大事なことだと思うんで」

「ありがとう」

渡島氏は深々と頭を下げた。


『ｄｅｌｅ．ＬＩＦＥ』と同じビルの中にありながら、『坂上法律事務所』を訪れるのはそれが初めてだった。祐太郎は受付のある二階へ行き、きつめにメイクをした受付の女性に舞への面会を頼んだ。

「所長ですか？　アポはないはずですが、どういったご用件でしょう？」

「あ、あの、真柴祐太郎がきたと伝えてもらえませんか？　用事があって、あの、地下の件でって」

「地下の件、ですか？」

「あ、地下です。このビルの地下」

祐太郎が下を指さすと、受付の女性は、ああ、というような顔をした。

「失礼しました。あちらでお待ちください」

祐太郎は、受付の横にしつらえられたソファに腰を下ろした。目の前を時折、所員たちが行き来した。みんなきちんとスーツを着ていて、迷いのない確かな足取りをしていた。祐太郎は開け放していたパーカーの前を閉めて、ファスナーを上げた。フードもかぶりたくなったが、さすがに不審者に見えそうで、やめた。

じきに舞が奥からやってきた。ソファに身を沈めている祐太郎を見つけ、ちょいちょいと手招きをする。祐太郎は立ち上がって、舞についていった。事務所の中では所員たちが忙しそうに働いていた。舞は事務所を横切るようにずんずんと歩いて、小さな部屋に入った。デスクを挟んで椅子が二脚置いてある。木製のデスクとデザイン性の高い椅子のせいで無愛想とまでは思わないが、シンプルな部屋だった。応接ではなく、事務的な面談をするための部屋なのだろう。

「珍しいね。というか、初めて？」

「そうっすね。あー、やっぱり何か違いますね」

勧められた椅子に座り、祐太郎は言った。

「何が？」

「地下とはだいぶ雰囲気が。明るいし、人も多いし、何か、こう、ちゃんと時間が動いている感じがして」

「あそこ、時空が歪んでいるからね。あそこからここに戻ってくると、たまに時差ぼけみたいになる」と舞は笑い、すぐに笑みを収めた。「それで、どうした？」

祐太郎は居住まいを正した。

「渡島さんの件で、お願いがあります。データを出すようにケイに言ってもらえませんか？」

祐太郎は、今日、渡島氏の自宅に行ったことを舞に話した。

「依頼人が望んでいないことをするべきじゃないっていうのはわかるんすけど、今回は違うんじゃないかって思うんすよ。依頼人の気持ちはそれはそれで大事にしていい。でも、死んだあと、そのフォルダの中のデータは、母親の一部として、やっぱり奏ちゃんに記憶されるべきだと思うんす」

「どんなデータかもわからないのに？　まだ五つの奏ちゃんに伝えちゃっていいのかな？」

「もちろん、データの内容にもよります。それでも、どう伝えるのか、いつ伝えるのかは、渡島さんに任せるべきで、俺たちが消していいものなんてやっぱりないと思うんす」と祐太郎は言った。「おならの臭いを残しておきたい人なんていないでしょう。でも、あるとき、奏ちゃんが自分のおならの臭いを嗅いで、いつか嗅いだお母さんのおならの臭いを思い出すことがあるかもしれない。それだって、やっぱり、大事な思い出だと思うんす。死に行く人が望んでいなくても、それは残したほうがいいって、そう思うんすよ」

「おなら、ね」と舞は笑った。

「そんなものでも、残っていてよかったって思うときって、あると思うんす。どんなに大事にしていたって、記憶は消えていくものだから」

舞は祐太郎をじっと見てから、微笑んだ。

「公私混同するなとは言わないけど、混同されると気になるね。この話は、君のどこにつながっているの？」

混同したつもりはなかったが、舞がそう感じたのだから、混同していたのだろう。

祐太郎は目を閉じて、親指の付け根でまぶたをぐりぐりと押した。

夏の庭先。帽子をかぶった少女。振り返り、ふわりと笑う。帽子の色は……

「別にどこにもつながってないっすよ」と目を開けて祐太郎は笑った。

「そうかな？」

「そうっす」

祐太郎の目の奥を探る舞の目には、奇妙な親しみがこもっていた。

「わかった」と舞は頷いた。「聞いてくれるかどうかはわからないけど、言ってみるよ。今？」

「ちょっと待ってて」

舞がいくつか用事を済ますのを待って、二人で地下に下りた。事務所に入っていくと、さすがに圭司が眉をひそめた。車椅子の背もたれに身を預けて、デスクの前に立った二人をゆったりと眺める。

「明日香さんはまだ生きてる」と祐太郎は言った。「渡島さんに確認したから、間違いない」

「そう」と圭司は頷いた。

それで、と問うように祐太郎を見る。

「渡島さんと話してきた。依頼のあったデータ。明日香さんが生きている間は、見せてもらえなくていい。ただ、死んだあと、削除するのはやめてほしい。渡島さんはそう言ってた。奏ちゃんのためにも、削除しないで、渡してほしいって」

「ダメだ」

圭司の答えはにべもなかった。

「うちにとっては依頼こそがすべてだ。関係者が一人残らず反対したって、依頼はやり遂げる」

断固とした口調に、二の句が継げなかった。助け舟を出すように舞が口を開いた。

「知ってると思うけど、法律上、相続は死亡と同時に発生する。依頼人が死んだ時点で、依頼人のスマホの所有権は相続人に移っている。相続人の意に明らかに反するとわかっていながらスマホへ侵入することは、不正アクセス禁止法違反の可能性がある」

圭司は舞を見て、「そこかよ」と鼻を鳴らした。「訴えたければ訴えろよ、弁護士先生」

圭司はそう言うと、ハンドリムに手をやって車椅子を回し、二人に背を向けた。舞は口を開きかけたが、言葉がなかったようだ。祐太郎に目を向け、首を振った。

「じゃ、依頼人が依頼をキャンセルすればいいんだな？」とデスクに両手をついて、祐太郎は言った。「それなら文句ないよな？」

「はあ？」

背を向けたまま、圭司が声を上げた。

「説得してくる」

夫である渡島氏にもできなかったことが、自分にできるとは思えなかったが、じっとしていられなかった。背後から、その可能性の低さをあげつらう圭司の声が聞こえたが、祐太郎は構わずに事務所を出た。

渡島明日香が入院している病院は、東京湾に面した埋め立て地にあった。案内図によると、内科の患者が入院しているのは、七階の西病棟と東病棟らしかった。取りあえず、中央エレベーターで七階に向かい、エレベーターを降りたところで左右を見渡した。どちらに進むか迷っていると、中年の看護師に声をかけられた。

「お見舞い？　だったら、そちらで受付を。どなたのお見舞いでしょう？」

祐太郎は誘導されるままに、面会者のための受付に足を向けた。

「渡島さん、渡島明日香さんです」

祐太郎の隣を歩いていた看護師が足を止めた。

「ご家族？」

「いえ」

「でしたら、今日の面会はちょっと。今、ご家族があちらでお待ちになっていますので、よろしければそちらへ」

それでは、と軽く頭を下げると、看護師は足早にナースステーションの奥に行ってしまった。祐太郎は看護師が示した面談室に足を向けた。渡島氏が椅子に座っていた。脚に両肘をつき、頭を抱えるようにしている。面談室には、他に人はいなかった。祐太郎が近づいていくと、気配に渡島氏が顔を上げた。

「今日は君に縁がある日だな」と渡島氏が言った。「また確認しにきたのか？」

「いえ。うちの所長を説得できなかったので、依頼をキャンセルするよう奥さんを説得しようかと」

渡島氏はため息をついて、首を振った。

「君が帰った直後に病院から電話があった。容態が急変してね。今、病室を移している」

「そうでしたか」

「そうしたくとも、もうキャンセルはできないだろう」

かける言葉が浮かばなかった。ただ立ち尽くした祐太郎に、渡島氏は軽く微笑みかけ、また顔を伏せた。

「奏ちゃんは……あの、俺に何かできることないですか？」

「ああ、奏は佐藤さんが見てくれている。最期のときにどうするのか、明日香とずいぶん話し合ったんだがね。その場に居合わせるのはさすがにつらいだろうと。明日香も、奏も。だから、その瞬間には立ち会わせないようにしようと決めてある。佐藤さんにも話していて、そのときには、ずっと奏についていてくれるよう頼んであった」

癌が見つかったのは去年だと舞は言っていた。それから時間をかけて、自分が死ぬことについて、妻が死ぬことについて、二人は十分に話し合っていたのだ。今の段階で自分にできることなどあるはずがないと祐太郎は悟った。

「長い夜になりそうだよ」

顔を伏せたまま、渡島氏が呟いた。

「そうですか」

祐太郎は頷き、少し距離をおいて、椅子に腰を下ろした。

「もう一度、説得してみます。うちの所長」

「いや、もういいよ」

渡島氏の言葉に、祐太郎はそちらに目を向けた。

「いいって、でも……」

「明日香が消したいと望んだものなら、消してくれていい」

「だって、奏ちゃんは……」

「すまない。あれは言い訳だ。奏を理由にしただけだ」

「え？」

渡島氏が深いため息をついた。

「オペが終わって、何度目の退院のときだったかな」

渡島氏はしばらく考え、首を振った。

「ここのところ、入退院の繰り返しだったから、はっきり覚えてないな。何度目かの退院で、明日香が家にいたときだ。明日香が私のスマホを見たんじゃないかと思ったんだ。トイレからリビングに戻ったとき、少し気まずそうに視線を外したことがあった。いや、気のせいなのかもしれないがね。そのとき、明日香の目の前のテーブルには私のスマホが置いてあった」

「明日香さんに見られて、まずいことでも？」

渡島氏はちらりと祐太郎を見て、少し笑った。

「君ぐらいの年にはね、私も四十にもなったら、性欲なんてなくなるんだろうと思っていた。完全にはなくならないにしても、十分にコントロールできるものになっているんだろうと」

何の話っすか？

そう聞きかけて、やめた。渡島氏が、今、何を話しているのかは明らかだった。

「佐藤さんっすか？　浮気の相手は」

「その前の人だ。前のベビーシッター。佐藤さんは二人目のシッターなんだ。前の人は、間違いを犯してすぐ、お金を渡して、辞めてもらった」

非難の言葉を待つように、渡島氏は押し黙った。が、祐太郎にそのつもりはなかった。

誘いをかけてきたのはたぶん、相手のほうだろう、と祐太郎は何となく想像した。彫りの深い顔にがっしりとした体。成功したビジネスマンでもあり、心優しいパパでもあり、しかも妻が死の床にある。たぶん、渡島氏はモテる。佐藤さんとの関係を想像したのは、理由のないことではない。佐藤さんは、渡島氏に惹かれている。その気配は、初対面だった祐太郎にすら感じられた。けれど、そんなことはもちろん、誰にとっても慰めになるものではなかった。

「その浮気の証拠がスマホに？」と祐太郎は聞いた。

「私もそこまで無神経ではないよ。ただその人とやり取りしたメールは残っていた。仕事についてのメールだったが、ベビーシッターが雇い主に送ったにしては、言葉遣いが親密すぎたはずだ」

「明日香さんはそれを見た？」

「わからない。見たのかもしれないし、見ていないのかもしれない。見て気づいたのかもしれないし、見ても気づかなかったのかもしれない。わからないんだ。それからしばらくして、明日香に坂上さんを紹介してくれと頼まれた。なぜだと尋ねると、自分が死んだあとに削除してほしいデータがあるという答えだった。それは何だとさらに尋ねると……」

ナイショよ、と彼女は微笑んだ。

「どうとでも受け取れる答え方だった。どう受け取るにしても、私に断れるはずがない。私は明日香に坂上さんを紹介し、坂上さんは明日香に頼まれて君たちの会社につないだ。そして明日香は君たちにデータを託した。そのデータは何なのか。明日香の病状が悪化するにつれ、知りたくて、いても立ってもいられなくなった。だから、君らのところに乗り込んだ」

「明日香さんが託したデータに、浮気を知ったかどうかを知る手がかりがあるかもしれないと思ったんすね」と祐太郎は言った。

「明日香がそれに気づいていたのなら、謝りたかった。一方で、気づいていないなら、断じて口にするべきではない。そう思った」

　妻の容態は悪化していく。謝罪のリミットは近づいてくる。いたたまれなくもなるだろう。

「だが、そんな思いに苛(さいな)まれていたことも、今となっては暢気(のんき)だったと思えるよ。そのときの私にとって、明日香はまだ生きている人だった。だから、謝罪だ何だと考えられたんだ。じきに明日香は死に行く人になった。そんな人に謝罪も何もない。そんなものは、生き残る者のただの自己満足だ」

「自己満足でいいんじゃないっすか？」と祐太郎は言った。「生き残る者は、この先もまだ生きなきゃいけないんだから」

　少し離れた席から、渡島氏が祐太郎をうつろな目で見た。

「どうなのかな。わからないよ。今日、君にデータを見せてくれるよう頼んだのは、自分の罪を知るためだった」

「罪っすか？」

「死を前にした明日香に最も信頼されなければいけない人間が、最も信頼できない人間になってしまった。生物としての人間が最も深く感じる不安と怒りを吐き出すべき相手が、明日香にはいなくなってしまった。だから、明日香は君たちにデータを託したんだ。ああ。明日香は私の浮気を知っていたんだろう。そこに詰まっているのは、おそらく明日香の最も汚い部分だ。私はそれを知る必要がある。自分の罪の重さを知る必要がある。そう思ったんだ」

でも……と渡島氏は力なく続けた。

「でも、今となっては、それすらどうでもいい。罪の重さなど関係ない。私は今から最も重い罰を受けるんだ。私は今から明日香を失う」

渡島氏は再び脚に肘をつき、両手の中に顔を埋めた。

かける言葉が思い浮かばなかった。やがて、先ほどとは違う看護師が面談室にやってきた。

「渡島さん、病室の準備ができましたので、どうぞ」

渡島氏が顔を上げ、立ち上がった。つられて立ち上がった祐太郎と渡島氏を看護師が戸惑いながら見比べた。

「お会いになるのでしたら、もうご家族以外でも構わないと思いますよ。どうなさいますか？」

最期のときだと看護師は告げていた。

「遠慮してくれ。二人になりたい」

振り返らずに渡島氏が言った。

「もちろんす」と祐太郎は頷いた。「俺、ここで待っていてもいいっすか？」

「何も約束はできない。そのあと、自分がどうなるのか、今は想像がつかない」

「気にしないでください。それこそ俺の自己満足っす」

渡島氏が歩き出した。

「こちらは二十時までとなっています。それ以降もお待ちになるようでしたら、一階のロビーに」

そう言って、看護師は渡島氏のあとを追うように面談室を出ていった。

祐太郎はスマホを出して、遥那にメッセージを送った。

『今日、帰れそうにない。タマさんの飯、頼める？』

すぐにメッセージが返ってきた。

『何を!?　デートか!?』

『仕事』

『ダメなやつじゃのお』というメッセージには、ぐてっと寝ているタマさんの写真がついていた。

「きてたのかよ」と小さく呟いて、祐太郎はスマホをしまった。

長い夜だった。八時を回ったところで、また違う看護師がやってきて、入院病棟から出るように言われた。

「渡島さんは?」

「まだ病室に。今夜はつききりになると思います」

静かな表情で看護師はそう告げた。遥那もこんな風に死に行く患者やその家族と向き合っているのだろうか。そんなことを考えた。

祐太郎は一階に下りて、ロビーの椅子に腰を下ろした。しばらくはぽつぽつと目についた事務員や業者らしき人たちも、時間が進むにつれて少なくなっていった。九時を回ると、祐太郎が座るロビーの一角を残して、明かりが消された。

祐太郎はパーカーのポケットに両手を突っ込み、足を投げ出して、目を閉じた。

ふと十年以上前の記憶がよみがえった。まだ幼かったころの妹は、病院に行くことを嫌がって、母に駄々をこねた。お兄ちゃんも一緒に行ってやる。そう言うと、幾分、聞き分けがよくなった。それは妹が小学校を卒業し、中学に入学しても、習慣となって残っていた。妹に付き合って母と三人で病院に行くと、治療や検査が終わるまで、祐太郎は一人、病院で当てもない時間をすごした。その記憶は決して苦いものではなかった。会社帰りの父も合流して、四人でレストランへ寄り、家に帰る。そんなこともたびたびあった。そのころの祐太郎にとって、病院は自分たち四人が家族であることを一番実感できる場所だった。家族の情景を思い起こすとき、その場所が当時住んでいた家や家族旅行で出かけた先ではなく、病院であることもしばしばだった。

十一時を回ると、ロビーの一角の照明も落とされ、わずかな明かりがフロアを薄ぼんやりと照らすだけとなった。

何度かトイレに立った。空腹は自動販売機にあったチョコレートバーでやりすごした。何台か、救急車がやってきた。救急センターのほうから人の声は聞こえてきたが、内容を聞き取れるほどの大きさではなかった。明け方に浅い眠りがやってきた。眠りの中で、拙(つたな)いメロディを聞いた気がした。

ああ、あれは、給湯器のメロディだ。

淡いまどろみの中で、祐太郎はそのことに気がついた。

奏ちゃんが弾いたメロディは、自宅の給湯器がお風呂(ふろ)が沸いたことを知らせるときに流しているメロディと同じだった。

ふと気配に目を向けた。

すぐ横に渡島氏が立っていた。一気に覚醒(かくせい)した。祐太郎は椅子から立ち上がった。

祐太郎に目を合わせた渡島氏は、沈痛な表情で、一度、きつく奥歯をかんだ。

「さっき逝ってしまったよ」

ぐっと漏れかかった嗚咽を渡島氏はすぐにかみ殺した。

「そうでしたか」

「今、体を整えてもらっているところだ」

ご愁傷様です。お気の毒です。お悔やみ申し上げます。

思いついたどの言葉もうまく口をつかず、祐太郎はただ頭を下げた。そのときに、渡島氏が左手に握りしめているものに気がついた。

「それは……」

祐太郎の視線に気づいて、渡島氏が手の中のものを差し出した。

「スマホだよ。明日香のスマホだ。逝く間際に託された」

渡島氏の顔が歪んだ。その目から堰を切ったように涙が流れ出した。

「決して電源を切らないで。そう言ったよ。それが私の聞き取れた明日香の最後の言葉だった。なあ、君ならその意味がわかるのか？　明日香は、何を……いったい何を私に……」

そこから先は、嗚咽が言葉を追いやった。渡島氏は右手で口を覆い、スマホを持った左手の甲で流れ出す涙を何度も拭った。それも長くはもたなかった。渡島氏は崩れるように膝をついた。やがて両手もつき、床に向かって吠えるように叫び泣いた。

その肩に手をやることもできず、言葉をかけることもできなかった。祐太郎は自分の目の前でうずくまるようにして泣いている渡島氏をただじっと眺めることしかできずにいた。


まだ朝早い電車は空いていた。自宅に戻るつもりで乗ったのだが、途中で気が変わった。都心に向かう電車に乗り換え、祐太郎は『ｄｅｌｅ．ＬＩＦＥ』の事務所に向かった。

ビルの前に着いたのは五時半で、当然、ビルの入り口は閉まっていた。歩道とビルの間に三段のステップがある。祐太郎はその真ん中に腰を下ろした。誰かがくるまで待つつもりだった。八時ごろには誰かしらがくるだろう。そう思ったのだが、六時前に背後から音が聞こえた。振り返ると、圭司が出てくるところだった。

「おはよう」と祐太郎は言った。

「早いな、確かに」と圭司は言った。

トレーニングウェアの上下を着た圭司を見たのは、それが初めてだった。

「あ、え？　出かけるの？」と聞いて、祐太郎は立ち上がった。

「散歩だ」

圭司はステップの横のスロープを下りた。

「ああ、散歩。朝の散歩って、おじいちゃんみたいだな」

横に並んで歩きながら、祐太郎は言った。

「走ったらついてこられないだろ？」

「あ、走るつもりだった？」

「いいよ。たまにはゆっくりもいい」

ハンドリムを回した手は引き戻されるのではなく、そのまま車輪の動きをなぞるように円を描いて元の位置に戻り、またハンドリムを押し出す。その動きを眺めながら、祐太郎は圭司の横を歩いた。

「いつも、こんな早朝に走っているの？」

「もう少しすると歩道は通勤の人で溢れる。そうなると邪魔だからな」

「迷惑にならないように、こんな早く？」

圭司は眉をひそめて祐太郎を見上げた。

「人が邪魔で、俺が迷惑してる。仕方なくこの時間に走ってる」

「ああ」と祐太郎は頷いた。

「それで、何だ？　まさか依頼人を説得できたのか？」

依頼をキャンセルするよう説得する。昨日、そう言って事務所を飛び出したことを思い出した。

「違うよ。明日香さんは亡くなった」

　圭司が車椅子を止めた。あっという間もなく車椅子をターンさせて、きた道を戻り始める。祐太郎は踵を返して、その隣に並んだ。

「報告があるなら、しろよ。何で世間話から入るんだよ」

「あ、依頼を実行するの？」

「ああ」

「でも、舞さんの紹介だろ？　火葬まで待たなきゃいけないんじゃないの？」

「紹介ではあるが、依頼人は舞の顧客ではない。だから、今回は火葬まで待たなきゃいけないケースじゃない」

　そう言った圭司は不意に車椅子を止め、祐太郎を見上げた。

「止める気か？」

「わからないんだ」と祐太郎は言った。「どうしていいかわからないから、止めないよ」

　圭司は鼻を一つ鳴らしただけで、また車椅子を進めた。

　事務所に着くと、圭司はデスクの向こうに回り、モグラを引き寄せた。祐太郎はデスクの前に立ち、圭司がモグラを操作するのを眺めた。

「死亡確認は間違いなく取ったんだな？」

圭司が顔を上げ、聞いた。

「ああ。間違いない。今までで一番くらいに間違いないよ」

死亡が確認できたのなら、圭司がためらうはずがなかった。が、祐太郎の言葉に頷いてモグラに向かった圭司は、すぐに指の動きを止めた。やがてキーボードから手を離し、首を後ろに倒して、ため息をついた。

「どうした？」と祐太郎は聞いた。

「おそらく依頼に手違いがあった」

「手違い？」

圭司はモグラの画面を祐太郎のほうへ向けた。

「指定されたのはクラウド上の『T・E』っていう名前がついたフォルダの中身だ。このフォルダを空にするよう指定されていた」

「ああ、うん。それで、中は何だった？」

圭司は画面の後ろから手を伸ばして、タッチパッドを叩いた。『T・E』のフォルダが開いた。

「え？」と祐太郎は言った。

フォルダの中には何もなかった。

「ああ。『T・E』というフォルダの中は空だ。依頼人は、最初から空のフォルダを空にするように指定していたんだ」

「そんな……」

「指定するフォルダを間違えたのか、データを入れ忘れたのか、どちらかだろう」

祐太郎は、目の前で泣き崩れた渡島氏の背中を思い出した。

「何かわからない？」

「何か？」

「何でもいいんだ。指定するフォルダを間違えたのだとしたら、どのフォルダと間違えたのか。データを入れ忘れたんだったら、そのデータが別のところにないか。何かヒントはないの？　これじゃ、渡島さんがかわいそうだ」

「何が消されたか、どうせわからないんだから、渡島氏にしてみれば同じことだ」

「そうかもしれないけど、でも、ひどいだろ？　このことで、渡島さんはずいぶん苦しんだんだ」

祐太郎は病院で聞いたことを圭司に話した。

「俺は、削除依頼されたデータをどうにかしてケイに見せてもらって、明日香さんも許してくれるだろうって思える範囲で渡島さんに話をして、うまく慰められればいいって思っていたんだ。なあ、本当に何かわからない？」

「わかるはずがない。何だってあり得るんだ。写真かもしれないし、動画かもしれないし、文書ファイルかもしれないし、メールかもしれない。それらの組み合わせってこともあり得る。特定なんてできない。ヒントがあるとしたら、このフォルダの名前ぐらいだろう」

「T・Eか。何のことだろう？」

「普通に考えりゃ、イニシャルだろうな」

「誰の？」

「知らないよ。Tが姓だとしても、渡島明日香とも、奏とも、ハヤトとも違う」

投げやりな口調にかちんときたが、確かに、それ以上を探る手立てを祐太郎も思いつかなかった。そもそも依頼人がデータを入れ忘れたのではなく、指定するフォルダを間違えたのだとしたら、『T・E』が何のことかわかっても意味がないことになる。

「この依頼は、これで終わり？」と祐太郎は聞いた。

「いい加減に当たりをつけて、勝手にデータを消すわけにもいかない。これで終わりだ」

「そう。そうだよね」

反論の余地はなかった。圭司はモグラを引き寄せ、画面を閉じた。

祐太郎が渡島氏の住むマンションを訪れたのは、それから十日ほどあとのことだった。祐太郎は十時ごろからエントランス近くの花壇に腰を下ろしていた。幼稚園が終わる前後にやってくるだろうと思っていたのだが、佐藤さんが現れたのはそれよりずっと早く、十一時を回ったころだった。立ち上がった祐太郎を見つけ、佐藤さんは会釈をして近づいてきた。

「どうしたんです？」

「あれからどうしているか、気になって」

「葬儀にはいらっしゃいませんでしたね」

「ああ、自分は場違いっすから」と祐太郎は言った。

その後、渡島氏から、祐太郎が何者であるのか、説明を受けたのかもしれない。佐藤さんは、そうですか、と小さく頷いた。

「あの、二人は、少し落ち着きましたか？」

「渡島さんは、ええ、そうですね。少し落ち着きました。そう振る舞っているだけかもしれませんが」

「奏ちゃんは？」

佐藤さんは表情を曇らせて、首を横に振った。

「無理もないですけどね。ずっと落ち込んでます」

「そうっすか」と祐太郎は言った。

「あ、今日、時間ありませんか？　ああ、でも、私が勝手にお招きするわけにもいきませんね。渡島さんと話して、ご招待します。是非、いらしてください。奏ちゃんのピアノ、また聴いてあげてください。奏ちゃん、このところ、全然ピアノを弾かなくなっちゃって。奥様が亡くなって、三日ぐらいあとだったかな、一度だけ弾いたんですけど、それだけです。そのあとは、どうせママは聴いてくれないからって」

「ああ」と祐太郎は言った。

あの広いリビングのピアノの前で、うなだれている奏ちゃんを想像した。その後ろに立ち尽くす渡島氏の姿も思い浮かべた。

「奏ちゃんに会いますか？　これから、私、奏ちゃんのためのマフィンを焼いて、それから幼稚園にお迎えに行きます。一時くらいに行くんですけど、それまで、待てます？」

「いや、今日は」

「ああ、そうですか」

「あの、ちょっと聞きたいんですけど」

「はい？」

「佐藤さんの前にシッターをしていた人のこと、何か知りませんか？」

「ああ、エンドウさん。いえ、私は何も知りませんね。エンドウさんがこなくなってから、私が入ったものですから。お会いしたことすらないです」

「エンドウさんというんですか？　下の名前、知りませんか？」

「さあ、そこまでは。上の名前も渡島さんが間違えて私をそう呼んだことがあったから知っただけで」と言った佐藤さんは、ふと思いついたように顔を上げた。「ああ、タエちゃんです。そう、奏ちゃんがそう言ってました。前の人はタエちゃんって言うんだって、ええ、そう聞いたことがあります。タエさんか、タエコさんか、もっと他の名前かはわかりませんけど、奏ちゃんは、タエちゃんって言ってました」

エンドウタエ。T・E。

「そうですか」と祐太郎は頷いた。「すんません、変なこと聞いて。ありがとうございました」

祐太郎は佐藤さんに一礼して、歩き出した。

「あ、あの。本当にまたきてください。渡島さんに話しておきますから。奏ちゃんのピアノ、聴いてあげてください」

祐太郎は振り向き、また一礼した。

「わかりました。是非、また」

笑顔で言いながらも、祐太郎の胸には暗い影が差していた。

事務所に戻った祐太郎は圭司に佐藤さんから聞いたことを話し、自分の考えを喋った。

「空で、正しかった?」と圭司が聞いた。

「そうだと思う」と祐太郎は頷いた。「明日香さんにはあのフォルダにデータを入れるつもりなんてなかったんだ。あのフォルダは渡島さんを苦しめるためだけに作ったものだった。たぶん、渡島さんとエンドウさんというシッターとのメールを見た明日香さんは、浮気を疑った。けれど、確信は持てなかった。だから、あのフォルダを作った。もしエンドウさんと何でもないのなら、『T・E』は意味を持たない英字でしかない。でも、エンドウさんと何かがあったなら、『T・E』の文字は特別な意味を持つ。そこに何かが入っていた。空のフォルダを見つけた渡島さんはそう考え、中身が何だったのか、思い悩む。だって、そうだよね? 何か削除したいデータがあったなら、フォルダごと削除すればいい。フォルダの外形だけ残して、中身だけを削除するなんて、意味がないだろ?」

「それはそうだな」と圭司は頷いた。

「だから、あれは『T・E』っていうタイトルを見せるためだけに作られたフォルダなんだよ。ただ、渡島さんを苦しめるためだけに作られたフォルダだった。だから、いまわの際に言い残した。「このスマホの電源を切るなって。そうすれば渡島さんはスマホに注意を向けるだろう。遅かれ早かれ、そのフォルダに気がつく」

「うちはそれに利用された？」

「たぶん、ずっと前に渡島さんから聞いたうちの会社のことを思い出して、明日香さんはひらめいたんだと思う。明日香さんにとって、削除依頼が渡島さんに伝わることこそ大事だった。このフォルダから明日香さんが何を削除したのか。渡島さんはずっと悩み続けることになる」

「もしそうなら、怖い話だな」

「そうだね」

渡島氏ができるだけ長くこのフォルダに気づかずにいてくれればいい。祐太郎はそう願わずにはいられなかった。

その渡島氏から自宅に招待されたのは、翌日の夕方のことだった。

「わかりました。喜んでうかがいます」

そう電話を切った圭司に何の電話だったのかと問うと、渡島氏からの招待だという答えが返ってきた。

「明日の午後三時に、渡島氏の自宅に行くことになった。娘さんのピアノを聴くことになったよ」

「ケイも？」

「あのときはすまなかったと謝られた上で招待されては、むげに断るわけにもいかない。渡島氏はまだ舞の顧客だしな」

「そう」

「これも業務の一環だ。明日、その小汚いパーカーはやめてくれ」

翌日、祐太郎はボタンダウンのシャツにカーディガンを羽織り、チノパンをはいて、事務所に向かった。以前、祖母が買ってくれたものだった。祖母が生きていたころは、何度か着て見せたが、自分には似合わない気がして、祖母の死後はほとんど着ていなかった。

「まともな恰好(かっこう)もできるんだな」

いつも通り、きちんとジャケットを着た圭司が少し驚いたように言った。

「いつもの恰好より、少しは社会人ぽいぞ」

「ああ。いつもこういう恰好のほうがいい？」

「そうは言ってない。お前の恰好なんてどうでもいい」

時間になると、二人は車で渡島氏の自宅に向かった。玄関では渡島氏と佐藤さんが出迎えてくれた。

「このたびは、誠にご愁傷様でした。お悔やみ申し上げます」

頭を下げた圭司に、渡島氏も深々と礼を返した。

「こちらこそ失礼した。その後、明日香の依頼は……」

そう聞きかけて、渡島氏は首を振った。

「答えないよな。いや、いいんだ。蒸し返す気はない。今日はゆっくりしていってくれ」

「奏ちゃんは？」と祐太郎が聞くと、渡島氏は「ああ」と言葉を濁し、二人に上がるよう促した。圭司が上がるのを手伝い、床を汚さないようタイヤにカバーをつけてから、廊下を進んだ。渡島氏と佐藤さんのあとに続いてリビングに行くと、奏ちゃんがソファに突っ伏すように寝転んでいた。

「奏。祐太郎くんは覚えているよな？　こっちは圭司さんだ。坂上圭司さん」

気だるげに体を起こした奏ちゃんは、車椅子に乗った圭司を見て、驚いたように顔を強ばらせた。

「こんにちは」と圭司は言った。

「あ、こんにちは」と奏ちゃんが応じた。

テーブルにはサンドイッチやサラダなどの軽食が並んでいた。

「ワインでも？」と渡島氏が聞いた。

「私は酒癖が悪いんで、やめておきます」と圭司は言った。「こいつはドライバーなんで」

「ああ。じゃあ、コーヒーを淹れてこよう」

渡島氏がキッチンに立ち、佐藤さんも手伝うためにそちらに向かった。

どういう態度を取っていいのか、奏ちゃんが明らかに困っていた。圭司が場を取り繕うことなどないだろう。そう思って、祐太郎は口を開きかけたのだが、それより前に圭司が奏ちゃんに聞いていた。

「君は百メートル走の世界記録を知っている？」

「あ、え？」

「うん。俺も詳しくは知らない。九秒五、いくつかだったか。じゃ車椅子の百メートル走の世界記録は？知らない？俺も詳しくは知らない。確か十三秒、いくつか。二百メートルも、四百メートルも、健常者にはかなわない。でも、八百メートルから車椅子のほうが速くなるんだ。その差は徐々に開いて、フルマラソンなら、一時間二十分で走る。一方で健常者がフルマラソンで二時間を切るのは生理学的に不可能だとすら言われている」

奏ちゃんの頭の上にクエスチョンマークがいっぱい浮かんでいた。

「いや、生理学的に、とか、わかんないだろ」と祐太郎は圭司に囁いた。「幼稚園児だぞ」

案の定、奏ちゃんは困り果てた顔で首を傾げている。

圭司は構わずに続けた。

「だから、俺をかわいそうだと思わなくていい。そう思われるのは苦手だ。君だってそうだろ？」

「あ、え？」

いきなり質問が自分のことになって、奏ちゃんはきょとんとした。

「君は自分をかわいそうだと思う？」

奏ちゃんはふるふると首を振った。

「そう。君は悲しいだけで、かわいそうなわけじゃない。悲しがっている君を見て、かわいそうがる大人がいたら、それは大人が間違っているのであって、君が悲しがることが間違っているんじゃない。君はちゃんと悲しがればいい。思いきり、悲しんでいい」

「あ、はい」と奏ちゃんが頷いた。

「うん」と圭司が頷き返した。

目を合わせた二人が、何となく笑い合った。

「ええ？」と祐太郎は声を上げた。「それで通じ合っちゃうの？　っていうか、ケイ、子供、大丈夫だったの？　苦手かと思ったのに」

圭司が不思議そうに祐太郎を見上げた。

「苦手なわけあるか。この高さで町を歩いていると、目が合うのはだいたい子供だ」

「ああ、なるほど」

「大人より素直に反応するしな。よく声もかけられる」

「声を。ああ、そうなの？」

「痛くないの、とか、隅っこ歩け、とか。パターンもいろいろで面白い」

「ああ、そうなんだ」

飲み物をトレイに載せて、渡島氏と佐藤さんがキッチンから出てきた。テーブルについて、軽食を食べながら、少しお喋りをしたあと、渡島氏が言った。

「奏、ピアノを弾いてくれないか？」

奏ちゃんが困ったように父親を見て、目を伏せた。

「また聴かせてよ」と祐太郎も言った。「それが楽しみで、今日、きたんだ」

奏ちゃんは祐太郎を見て、それから圭司を見た。

「無理に弾かなくていい」とサンドイッチを食べながら、圭司は言った。「無理に元気っぽくすることもない。そんなの、好きにすればいいんだ」

奏ちゃんがまた目を伏せた。やがて、ずるっとお尻を滑らすように椅子から下りて、ピアノのほうへ歩いていった。

「あ、弾いてくれる?」

佐藤さんが席を立ち、奏ちゃんのために椅子をセットして、鍵盤の蓋を開けた。それからピアノの上にあったスマホを手にした。

「録音しようか?」

「いい。ママ、聴いてくれないから」

「でも、この前は録音してって……」

「もういいの。聴いてくれないいんだから」

佐藤さんはスマホを手にしたまま、テーブルに戻ってきた。しばらく鍵盤を見つめた奏ちゃんは、両手を鍵盤に乗せ、やがて弾き始めた。祐太郎は、奏ちゃんの演奏について、圭司に注意しなかったことを思い出した。圭司が笑い出さないか、気になって様子をうかがったが、笑い出す気配はなかった。最初は軽く微笑んで一つ一つの音を聴いていた圭司は、徐々に表情を硬くしていった。

「これ……」

その後に呟いた圭司の言葉を祐太郎はうまく聞き取れなかった。

――トラウム、ウント、エアヴァッヘン。

祐太郎にはそう聞こえた。

「うん?」

小声で聞き返したのだが、圭司は繰り返さず、「夢と目覚めか」と呟いた。

「うん。そう。『人形の夢と目覚め』っていうんだって」

祐太郎は囁いたが、圭司は言葉を返さなかった。奏ちゃんを見ながら、じっと何かを考えているようだった。やがて奏ちゃんが演奏を終えた。祐太郎は立ち上がって拍手をし、圭司も拍手を送った。椅子から下りた奏ちゃんが頭を下げた。

「今の曲、ママに習ったの？」

圭司が聞くと、奏ちゃんは頷いた。

「録音っていうのは？」

今度は佐藤さんに聞いた。佐藤さんが手にしていたスマホを差し出した。

「これに録音するんです。前に奥様が使っていたスマホです。お見舞いに行くときに奏ちゃん自身が持っていったり、渡島さんに持っていっていただいたり。最近では、具合が思わしくなかったので、渡島さんにお持ちいただくことのほうが多かったですね。演奏を聴き終わると、奥様が録音を消して、それを渡島さんに託して、また奏ちゃんが新しく録音するんです」

「消すんですか？」

「あ、ええ。ちゃんと聴いたってことを奏ちゃんに伝えるために」

「それ、見ても？」

「ああ、どうぞ」

　圭司がスマホを受け取り、画面を操作した。

「録音方法は？」

「そのアプリです。以前、奥様にそれを使うよう指定されて」

「私がそういうのはダメなものだから、明日香が退院して家にいたときに、佐藤さんに丸投げしたんだ」と渡島氏が口を挟んだ。「何か問題が？」

「ああ、問題ということはないです」と圭司は言いながら、スマホを操作し続けた。

「ずっと聴いてくれるって言ったの」

　突然上がった大きな甲高い声に、祐太郎は驚いてそちらに目を向けた。椅子から下りたところで、奏ちゃんが小さな体を震わせていた。

「ママ、ずっと聴いてくれるって言ったの。だから、弾き続けてって言ったの。でも、聴いてくれないの。約束したのに、ママ、嘘つき」

「奏ちゃん……」

　佐藤さんが駆け寄り、震えている小さな体を抱きしめた。

「ママは嘘つきじゃないよ。嘘つきなんかじゃない。でも、仕方ないの。ママだって、本当に、ずっと奏ちゃんのピアノを聴きたかったと思うよ。でも、できなくなっちゃったの。奏ちゃん、わかってあげよう？」

涙声で言いながら、佐藤さんは奏ちゃんの体を抱きしめて、なだめるように背中をさすった。二人の姿を見ながら、渡島氏も悲しげに顔を歪ませていた。

「ママ、嘘つき」

奏ちゃんは身をよじって、佐藤さんの腕から逃れようとした。

「違うよ」と佐藤さんは必死に奏ちゃんを抱き寄せた。「それは違うよ」

「嘘つき、嘘つき、嘘つき。ママ、嫌い、嫌い」

ついに佐藤さんを突き飛ばし、奏ちゃんが駆け出した。椅子に座っていた祐太郎と渡島氏は咄嗟に動けなかった。が、圭司がその行く手を阻んだ。自分の目の前に飛び出してきた車椅子に、奏ちゃんは驚いて足を滑らせ、尻餅をついた。真っ赤な目を圭司に向けて、奏ちゃんは倒れたまま、車椅子を蹴飛ばした。

「どけ」

さらにもう一度蹴飛ばす。

圭司は動じなかった。身を乗り出して、奏ちゃんに手を伸ばした。

「ママは死んだんだ」

「ケイ」

思わず声を上げた祐太郎に構わず、圭司は呆然と座り込んでいる奏ちゃんに手を差し出したまま、語りかけた。

「人は死んだら、どこに行くと思う？」

　魅入られたように圭司を見たまま、奏ちゃんはふるふると首を振った。

「そうだね。わからないよね。俺にもわからない。わからないけど、きっと遠くだ。そう思わない？」

　少し考えるように間を置き、奏ちゃんがこくりと頷いた。

「うん」と圭司も頷いた。「だから、時間がかかるんだ。ママが君の演奏を聴きにくるには、すごく時間がかかる。でも、ママは君の演奏を聴きにくる。君とそう約束したから、どんなに時間をかけても、どんなに遠くからでも、必ず君の演奏を聴きにくる」

「きっと？」

「ああ。きっとだ。俺にはそういうのがわかるんだ」

「本当に？」

　圭司はまたしっかりと頷いた。

「最初なんだ。だから時間がかかってるんだ。二度目からは、そんなことはない。だから、最初だけ、もう少しママを待ってあげて。できるよね？」

　しばらくじっと圭司を見てから、奏ちゃんがこくりと頷いた。ほら、と言って圭司は差し出した手を、軽く振った。奏ちゃんが自分の手を伸ばし、その手を握った。圭司が奏ちゃんを引き起こした。

「顔、洗っておいで」と圭司が優しく言った。

奏ちゃんがまたこくりと頷いた。佐藤さんとともに、奏ちゃんがリビングから出ていった。それを確認すると、圭司は車椅子をテーブルに向けて回した。

「渡島さん。奥さんからスマホを預かったと聞きました。確かですか？」

「あ、ああ。最後に託された」

「そして、そのスマホの電源を切らないようにと言われた」

渡島氏は一度、祐太郎を見てから、圭司に視線を戻し、頷いた。

「ああ。その通りだ」

「それがどうかしたの？」と祐太郎は聞いた。

「『人形の夢と目覚め』、ドイツ人のテオドール・エステン作曲。『夢と目覚め』。ドイツ語で、トラウム、ウント、エアヴァッヘン」

「え？」

「TアンドEだよ。T・E」

「ああ。あのフォルダ」

「フォルダタイトルはイニシャルじゃなかった。『夢と目覚め』の略。あれは、『人形の夢と目覚め』の演奏を入れるためのフォルダだったんだ」

圭司は佐藤さんから預かっていたスマホを操作した。

「この録音アプリを使って録音されたデータは、すべてこのフォルダに行くように設定されていた」

圭司は祐太郎にスマホを突き出した。画面には『T・E』とタイトルのつけられたフォルダがあった。

「ん？　同じ名前のフォルダ？」

「というより、同じフォルダだ」

「別のスマホに、ん？　同じフォルダ？」

「クラウド上にあるんだから、実質的には同じフォルダなんだ。このスマホは、通話はできないが、家のＷｉ‐Ｆｉでインターネットにはつながっている。このフォルダはクラウドを通じて依頼人のスマホと同期される」

「あ、うん」と祐太郎は頷き、しばらく考え、結論だけを聞くことにした。「それで、どういうこと？」

「このスマホの『Ｔ・Ｅ』フォルダにデータを入れれば、依頼人のスマホの『Ｔ・Ｅ』フォルダにもデータが入る。そして依頼人のスマホの『Ｔ・Ｅ』フォルダからデータが削除されれば、このスマホの『Ｔ・Ｅ』フォルダからもデータが削除される」

「それは……」

「奏ちゃんにとって、演奏データが消えるのは、ママが聴いた証拠なんだよ」

「ああ」と祐太郎は声を上げた。

奏ちゃんが演奏を録音する。たとえば、そのスマホを胸に抱き、眠りについて、翌朝、目を覚ます。するとスマホから、演奏データが消えている。それはまるで、眠っている間に母親が聴いてくれたかのように。

圭司は『T・E』のフォルダを開けた。そこには音楽データが入っていた。お母さんが死んで三日ぐらいあと、今日より前にたった一度だけ弾いたという奏ちゃんの演奏だろう。今、モグラを通じて依頼人のスマホの中を見れば、『T・E』フォルダには同じデータが入っているはずだ。

「明日香さんがしたのは、未来のデータの削除依頼だったのか」と祐太郎は言った。

「死に際して、依頼人は、死んだあと、娘に何をしてやれるかを考えた。だが、依頼人は誤解していた。うちのアプリは指定した場所にあるデータを勝手に削除する。新しくデータが入っても、何度でも自動的に削除し続ける。そう思っていたんだ」

「サイトに、そう誤解するような書き方をしてるんじゃないの？」

「そんなつもりはなかったが、責任は取るよ」

そう言って、圭司は渡島氏に目をやった。

「奥さんから託されたスマホ、電源を切らないようにしてください。ああ、できれば、奏ちゃんの目に入らないところにしまっておいてもらったほうがいいですね。新しい録音を確認したら、こちらで削除します。未来永劫、とまでは言いませんが、できる限り続けるつもりです。もっとも、ある程度の時間が経てば、奏ちゃんは母親の死を乗り越えるでしょう。とても聡明そうなお嬢さんですから」

「よくわからないんだが、明日香は君たちに奏の演奏のデータを削除するように依頼していたのか？」

自分はそこまで説明する気はない。そう言うように圭司が祐太郎を見やった。

「ああ、そうっす。そういうことみたいっす」と祐太郎は頷いた。「それを渡島さんに話さなかったのは、たぶん、明日香さんのただの茶目っ気だったんだと思います。明日香さんって、そういう人だったんじゃないっすか？」

渡島氏は天井を見上げ、鼻をすすった。

「ああ、そうだな。そうだ。茶目っ気のある、かわいらしい人だったよ」

ナイショよ。

渡島氏にそう微笑んだのは、言わなくても、いずれわかることだからだ。録音するたびに消える演奏データ。奏ちゃんは驚いて、渡島氏にそれを報告する。『ｄｅｌｅ．ＬＩＦＥ』に依頼したことを知っている渡島氏ならば、それで何があったのか、わかるはずだ。妻が何を望んだのかを。そして、妻が自分に何を伝えようとしているのかも。

一人じゃないわ。

死に行く依頼人は、夫に、きっとそう伝えたかったのだと祐太郎は思った。

私も、ちゃんと奏を見守っている。あなたは一人じゃない、と。

「馬鹿だな」

顔を戻した渡島氏は、流れた涙を拳で拭いながら微笑んだ。

「本当に馬鹿だ」

じきに涙の跡を洗い流した奏ちゃんが戻ってきた。それからまたしばらく五人でお喋りをしてから、祐太郎と圭司は渡島氏の家を辞した。帰り際、祐太郎は圭司から手渡されたスマホをピアノの上に戻した。

車で事務所に戻る途中、後部座席の位置に固定された車椅子から圭司がぽつりと言った。

「俺たちは過去にとらわれすぎていたのかもしれないな」

「え?」と言って、祐太郎はバックミラー越しに圭司を見た。圭司は窓の外の景色を眺めていた。

「死に行く人も未来を見ている。そんな当たり前のことに気づいていたら、もう少し早く対応できたかもしれない。奏ちゃんを傷つける前に」

「そうかもしれないね」と祐太郎は頷き、言った。「でも、間に合った。そうだろ？」

二人きりでは広すぎるリビング。けれど、奏ちゃんがそこでピアノを弾くとき、聴いているのは渡島氏一人ではない。スマホもそのメロディを聴いている。他人には寂しく見えようとも、それも一つの温かな家族の光景だ。

祐太郎にはそう思えた。

ロスト・メモリーズ

Lost Memories

外見は普通の住宅だった。敷地も広く、建物も大きいが、邸宅という風情はない。一昔前までは、戸建てって、これくらいの規模で普通に建てられていたんですよ。近年、二つ、三つに分けられた周囲の宅地を横目で見ながら、そう言い訳していそうなたたずまいの家だった。

敷地は石塀に囲まれ、門柱もある。『広山（ひろやま）』という表札が掲げられているその門柱の間を抜けると、引き戸の玄関前にたどり着いた。呼び鈴らしきものは見当たらない。中に人の気配を感じ、祐太郎は思いきって引き戸を開けた。

途端に熱気が迫ってきて、祐太郎は目をみはった。

三十畳ほどの板間に長机がずらりと並んでいる。等間隔に座った二十人ほどの子供たちが、それぞれ自分の教材に向かって、熱心に勉強をしていた。子供たちは祐太郎から見て右手を向いて座っている。祐太郎が目の端に留まったのだろう。付近の何人かがちらりと視線を向けてきたが、ほとんど何の反応も示さず、また机に向かった。その集中力に感心しながら、祐太郎は室内を見渡した。多くは中高生。小学生も少し交じっているようだ。二十歳前後の男女三人が立ち歩いて、彼らの質問に答えたり、アドバイスを与えたりしている。そのうちの一人、眼鏡をかけた男性が、祐太郎に目を向けた。祐太郎が頭を下げると、彼は微笑みながら近づいてきた。鼻筋の途中が弓なりに盛り上がり、その部分にパッドが当たるせいで、眼鏡が本来の場所より上に浮いているように見える。おかげで彼は見る人に、少し間の抜けた、ユーモラスな印象を与えた。青いストライプのワイシャツを着て、黒のスラックスをはいている。

「お電話いただいた、真柴さんですか？」

勉強にいそしむ子供たちの邪魔にならないよう、抑えた声で彼は聞いた。

「そうっす。広山さんすか？」

祐太郎に頷（うなず）くと、広山テルアキです、と言って、彼は中に入るよう促した。祐太郎は靴を脱いだ。そのまま上がりかけて、広山に横にある靴箱を示された。祐太郎は脱いだ靴を靴箱に入れた。

「二階、行きましょう」

やはり抑えた声で言った広山は、先に立って歩き出した。勉強する子供たちの後ろを通って部屋を横切り、ドアを開けると、廊下だった。右手に進んだ先にあるドアは、家の造りからしてトイレだろう。広山に従って左手に進み、その先の階段を上がる。上がってすぐのところにあるドアを開けると、一転して個人の住宅になる。板間のダイニングキッチン、その奥に絨毯（じゅうたん）敷きのリビングがあった。一階の広さを考えれば、二階にはもう二部屋ほどがあるはずだ。

広山はダイニングキッチンにあった食卓の椅子の一つを引いた。

「こちら、座ってください」と普通の音量で広山は言った。「あ、改めて、私、広山テルアキです。以前、お目にかかってますかね？」

ワイシャツの胸ポケットから名刺を出して、祐太郎に差し出す。

『NPO法人　みんなのガクシャ　広山輝明』

依頼人、広山達弘(たつひろ)氏の一人息子だ。

「ああ、どうだったですかね」と祐太郎は言った。

依頼人の達弘氏は、外資系の投資顧問会社に勤める一方で、長らく自宅で無料の学習塾を続けていた。祐太郎は、かつてそこに通っていた生徒の一人という設定になっている。

「こちらにいらしていたのは？」と広山が聞いた。

「十一、二年前っすかね。自分が中学生のときっすから」

「とすると、私は、小学三、四年生ですか。いや、さすがに覚えてないですね。たぶん、何度か顔は合わせているんでしょうけど。言葉も交わしているかもしれない」

当時の広山にとって、生徒たちは、自宅に通ってくる大勢の知らないお兄さん、お姉さんにすぎなかっただろうが、生徒たちにとって、広山は、自宅を開放して、無料塾を開いてくれている広山達弘先生の一人息子だ。記憶の片隅くらいには残っていないと不自然だということになる。けれど、目の前にいる若者が小学三、四年生だったとき、どんな面差しをしていたか、祐太郎にはうまく想像できなかったし、下手に想像するくらいなら触れないほうが無難だった。

「自分、中学のときには、ちょっとツンツンしてましたから。たぶん、声もかけなかっただろうし、かけづらかっただろうと思いますよ」

「ちょっと、ですか?」と広山は笑った。「十一、二年前でしょう? その当時、教室にきていた人たちは、かなりツンツンしている人たちばかりだったと思いますけどね。今と違って、ザ・不良っていう感じの人たちが多かったですよ。あ、すいません」

「いや、いや」

「私が小さかったから、そう見えたっていうのもあるんでしょうけど、怖い感じの人たちばかりで、私はなるべく下には行かないようにしていました。でも、親父は懐かしがって、最近でも、よくそのころのことを喋(しゃべ)っていました」

広山はそう言って、流しに向かった。

「コーヒーでいいですか? インスタントですけど」

「あ、いいえ、すぐ帰りますから。お線香だけ」

「もう一度、言いますけど、インスタントです」と広山は笑って、やかんに水道水を入れ、コンロにかけた。「仏壇はそちらになります。どうぞ」

促され、祐太郎は座ったばかりの椅子から腰を上げた。絨毯敷きのリビングの壁際に腰の高さほどの和簞笥があり、その上に仏壇が載っていた。

「お線香とライター、下の引き出しに入ってますので、使ってください」

そう言うと、広山は流しのほうに戻った。

仏壇は、立って参るには低すぎて、座って参るには高すぎる場所にあった。祐太郎は、仏壇の下の引き出しを開けて線香を取り出した。作法としては、まずろうそくに火をつけて、線香の火はろうそくからつけるものだ。祖母にはそう教わったが、ろうそくが見当たらなかった。仕方なくライターから線香に火をつけて、中腰になって香炉に立て、中腰のまま手を合わせた。

会ったこともない達弘氏の位牌に十分に手を合わせ、祐太郎は広山を振り返った。

「いつだったんすか？」

「二週間ほど前です。お知らせせずに、失礼いたしました。父のスマホの連絡帳にあった人には、一通り、ご連絡したのですが、昔の生徒の皆さんにご案内するのはなかなか難しくて。連絡先も存じ上げない方が多いですし……」

「ああ、いえ。それは、もちろん」

電話でも、依頼人が二週間前に死んだことは確認してあった。が、モグラに信号がきたのは昨日のことだったのだ。依頼人の設定によれば、スマホとパソコンが、ともに二十四時間、操作されなかったとき、信号がくるはずだった。依頼人は本当に死んだのか。もし死んでいるなら、信号との時差は何を意味するのか。それを確認するために、祐太郎はやってきた。今の広山の言葉によれば、依頼人のスマホを広山がいじっていたから、信号がこなかったということだろう。

広山に促され、祐太郎は再び食卓の椅子に腰を下ろした。コーヒーを淹れた広山が向かいに座る。

「自分はずっと先生にお会いしてなかったっすから。この前、たまたま知り合いから亡くなったっていう話を聞いて、びっくりしてお電話したんす」

実際、依頼人の達弘氏はまだ五十三歳だった。

祐太郎と視線を合わせ、広山は寂しげな笑みを広げた。

「心筋梗塞で突然のことだったので、私も、母も、当初はかなり取り乱しました。あ、いや、今でもまだうまく受け止めきれずにいます」

お母さんは、と聞きかけ、祐太郎は言葉を換えた。

「奥さんは？」

通っていた生徒にとって、その人は『先生』の『奥さん』だ。その呼び方のほうが適当だろうと思えた。

「母は、昨日から、おばの家に行っています。ここにいると、父の気配を感じてしまう。しばらくその気配から離れたいと言いまして」

「そうっすか」

「私なんかは、その気配を感じていたいと思ってしまうのですが。人、それぞれみたいですね」

「ああ、わかります」と祐太郎は言った。

「え？」

「あ、いや、いなくなった人の気配を感じていたいって、そういうの、わかる気がします」

「そうですか」

広山は頷いた。それから二人はしばらくコーヒーを飲みながら、昔話をした。とはいえ、祐太郎から語れることは何もない。もっぱら広山の話を祐太郎が聞く形になった。

達弘氏が自宅を改装して無料塾を始めたのは、結婚し、子供が生まれて間もなく、達弘氏がまだ三十二、三歳のときだった。当初は土日限定。先生は達弘氏一人だけ。やがてその取り組みが口コミで広がり、生徒もボランティアの先生も集まるようになった。最初のころは学校をドロップアウトした子たちが、親に無理矢理連れてこられるようなケースが多かったが、昨今では、経済的事情で塾には行けないが、もっと深く学びたい、という意欲のある子供たちが集まるようになっている。

「ですから、教えるほうは楽です」

そう言った広山は、自身が大学に入った直後、二年前から先生の一人として、勉強を教えているという。

「今、先生は何人くらい？」

「全部で十五人ぐらいですかね。平日は私を含め、大学生三、四人で回しています。土日には社会人の方もきてくださって、常時、五、六人はいますかね。ああ、十一、二年前なら、サトミさんはもういたでしょう？　みんなのアイドル、サトミさん。今もたまにきてくれてますよ」

「ああ、サトミさん。懐かしいっすね」と祐太郎は話を合わせた。

「お会いになりますか？　電話してみましょう」

「でも、もうだいぶおばさんっすよね。がっかりしそうだから、やめておきます」

笑って言いながら、祐太郎はそろそろ潮時だと感じていた。

「あ、ちょっとトイレ借りていいっすか？」

きっかけを作るつもりで、祐太郎は言った。

「ああ、どうぞ」

立ち上がり、目線で場所を聞いた祐太郎に、広山は申し訳なさそうに笑った。

「すみません。下にしかないんです。下のを使ってください」

祐太郎は階段を下りた。真っ直ぐに進み、その先にあるドアを開ける。てっきりトイレだと思っていたのだが、狭い物置だった。ドアを開けた拍子にバランス悪く積み重ねられていたプラスチックボックスが手前に落ちてきた。

「おっと」

一つは慌てて支えたが、もう一つは落ちてしまった。支えた一つを中に押し戻し、床に落ちた一つも拾ってもとの場所に戻してから、ドアを閉める。それではトイレはどこだろうと振り返ったとき、上から広山が下りてきた。

「大丈夫ですか？　あ、トイレは」と言って、教室の中を示す。

「ああ、あっち。どうも、どうも」

教室に入ると、出入り口と対角になるところにドアがあり、そこがトイレだった。用を済ませて戻ると、階段の一番下の段に広山が腰かけていた。

「ありがとうございました。それじゃ、そろそろ失礼します」

「そうですか」と広山が頷き、立ち上がった。その顔に、笑みはなかった。「真柴さん、でしたね。それは本名ですか？」

「え？」

「それとも、その名前も嘘ですか？　あなたは、誰です？」

「あ、だから、前に、この塾で世話になった……」

「その人がトイレの場所を知らない？　そんなはずがないです」

「いや、あそこのトイレはわかってましたけど、こっちもトイレだったたっけなあって。ずいぶん昔のことっすから」

「そのずいぶん昔のことも、私が話すだけで、あなたは何も喋らなかったように思いますけど？」

「いや、それは……」

言いかけた祐太郎を制するように、広山は続けた。

「靴を脱いで上がるとき、ここの塾に通っていた人なら、反射的に靴は靴箱に入れたはずです。そういうルールですから。それに何より」と広山は言った。「サトミさんは年を取っても、おばさんにはなりません。おじさんにはなりましたけどね。サトミジュンペイさん。ぽっこり出たお腹が今でもチャーミングな、みんなのアイドルです」

広山にひたと見据えられて、祐太郎は、あはは、と笑った。

どうやら誤魔化しようがない。ならば逃げの一手だ。これが外なら、祐太郎も即座に逃げ出していただろう。逃げ足には自信も定評もあった。が、中だ。入り口で靴箱から取り出した靴を履いている間に捕まる。靴だけひっつかんで、取りあえず逃げるか。

　祐太郎がそう腹を決めかけたとき、広山が大きな声を上げた。

「カンバヤシくん」

　教室につながるドアが開き、男の先生が顔を出した。よく日に焼けている。精悍な体つきは、服の上からでもわかった。

「ん？　どうした？」

「こちら、以前、ここに通っていたと言っている真柴さん。彼はカンバヤシくん。体育大学のラグビー部で、スリークォーターバックスだっけ？」

「ああ。おう」と頷いた彼は、祐太郎に向けて言った。「センターやってます」

ラグビーの話をするのかと、その続きを待つように、彼は広山を見た。

「いや、それだけ。サンキュウ」

「あ、おう」と広山に言い、「それじゃ」と祐太郎にも頭を下げると、彼は教室に戻っていった。

「ラグビー、詳しいですか？　私は全然、わからないんですけど、タックルは得意だそうです、彼」

「ああ」と祐太郎は頷いた。

「足も速いって」

「そうっすか」

「教えてください。父のお金の件、あなた、何かを知ってるんですか？」

わけがわからず、祐太郎は広山を見た。広山はさっきから同じ姿勢と表情で祐太郎を見据えていた。

「お金？」と祐太郎は聞き返した。「お金って何すか？」

どうせ嘘はばれている。背後には二十人近い子供がいるのだから、無茶なことはしてこない。そう思えば、大胆に踏み込めた。

「塾の金が誰かに持ち逃げされたとかっすか？」

祐太郎を見据えたまま、その表情の変化を探るように彼は言った。

「父の死後、銀行口座を確認しました。給料が振り込まれる口座と、様々な投資に使っていた口座。二つを合わせても、思っていた額には到底、足りないものでした。少なくとも二千万以上のお金がどこかに消えている。さもしいと思うかもしれませんが、この塾を続けていこうと思えばお金もかかります。死亡保険金は入りますが、それも、私の今後の学費と、母のこの先の生活費のすべてをまかなえる額ではない。うちとしてもそっくり塾のために使うわけにはいかないんです。塾が存続するためには、消えすか？」

「いや、知らないです、そんなの。本当に」

「嘘の身分を名乗って家にやってきて、知らない人に線香まであげて、それじゃ、何をしたかったんです？　あなたは、うちに何かを探りにきたんだ。そうでしょう？」

広山の目線は鋭かったが、もろそうでもあった。怒っているというより、傷ついているように祐太郎には感じられた。何に傷ついているのかはわからないまま、祐太郎はその場にどかりと腰を下ろした。

「確かに、俺はこの塾に通ってません。でも、この塾に通っていたやつを知っていたんす。そいつは片親で、家は金に苦労していて、頭のいいやつだったのに普通の塾には行けなくて。だから、ここを知って、ここに通うようになって、ここのことをすごく楽しそうに話してたんすよ」

祐太郎を見下ろし、広山は聞いた。

「その人は、今は？」

「死にました。ここに通って、そこそこいい高校に受かって、でも、その先が見えなくなっちゃって。なまじっかいい高校に行ったもんだから、周りはみんなその先が当たり前にあるんすよ。でも、そいつにはなくて。奨学金とかも考えたみたいだけど、学費は出してもらえても、生活費はどうにもならないし。母親はクズだったし。そいつ、自棄になって、一端のチンピラ気取って、で、チンピラらしく死んじまいました。嘘をついて、すんません。今日、自分は、そいつに代わって、線香、あげさせてもらいました」

「そうですか」

　そのままじっと祐太郎を見下ろしていた広山は、やがて祐太郎と同じように廊下に尻をつけた。

「それが嘘かどうかも、もう僕にはわからない」

　うなだれた広山は、それまでより一回り縮んでしまったように見えた。そうして見れば、まだあどけなささえ残る大学生の男の子だった。祐太郎は彼が自分より五つも年下だったことを改めて思い起こした。

「お母さんには聞いてみたんすか？　お母さんなら何か知ってるんじゃないんすか？」

「母も何も知りません。うちでは、お金の管理はほとんど父がしてましたから。定期的に決まった生活費が母の口座に振り込まれる。そうやってうちは回っていたんです。父の気配を感じたくない。母がそう思ったのは、死んだ夫を信じられなくなってしまったからですよ。僕にも、もう」

　あとは言葉にならず、広山は首を振った。

「そのことについて、他に誰か知っていそうな人は？　あ、お父さんのご両親とか、もういないんすか？　親戚とかでも。だいたい、家から金がなくなるのって、女か、ギャンブルか、そうじゃなきゃ、タチの悪い親類にたかられたか、そんなところじゃないっすか」

　広山は首を横に振り続けていた。

「父の両親は、もうずっと前、父がまだ高校生だったころに、事故で亡くなっています。母も父の両親は写真でしか知りません。その両親ともに一人っ子だったらしくて、血縁の近い親戚はいないはずです。少なくとも、親戚付き合いをしている人は一人もいませんでした。葬儀の際にも、お知らせしたのは、ほとんどが今の会社の人です」

「会社の人は何か知らないっすかね？」

「大半が外国の人ですから。個人的な付き合いもあったようですけど、友人として信頼を置いていたかというと、それほどの関係性ではなかったように感じました」

「他に、お友達は？　その人に貸したとか」

「父はお金で苦労して、二十二歳でようやく大学に入学しています。ですので、学生時代も親しい友達はできなかったようですし、それ以前の友人というと、名前さえ聞いたことがないです」

「それなら、あの、言いにくいっすけど、女か、ギャンブルかは？」

「まさか、と言いたいですけど、もうわからないです。そうだったのかもしれません。もう父のことで確信をもって言えることなんて、一つもない。そんな気がします」

泣き出しそうに顔を歪(ゆが)めて、広山は言った。

「パソコンとかは？」と祐太郎は努めてさりげなく聞いた。「調べてみたらどうです？」

「開けようとしましたが、パソコンにはロックがかかっていました。もっとも、父はパソコンはあまり使いませんでしたから、たぶん何もないと思います。ネット書店で本を買うときくらいしか使ってなかったはずです。塾のサイト管理なんかも僕らがやってましたし」

パソコンはたまにしか使わないからそれだけでは生死確認ができず、依頼人は、設定の際にスマホもつけくわえた。そういうことだったのかと、合点がいった。が、依頼人が死後に削除したかったデータはそのパソコンの中にある。そのことを祐太郎は知っていた。

「そうっすか」

何とも声のかけようがなかった。慰めにもならない慰めを口にして、祐太郎は重い気分を抱えたまま依頼人の家を出た。

祐太郎が事務所に戻ると、圭司は自分のデスクで本を読んでいた。

「死亡確認は取れたか？　時差の理由は？」

「ああ、ええっと」

祐太郎が口ごもると、圭司は本をデスクに置いて、不審そうに眉根を寄せた。

「嘘の設定がばれちゃってさ」

「ばれたのか」と言って、圭司は皮肉っぽく口角を上げた。「まあ、いい。で、死亡確認は？」

「ああ、うん。それがね、広山先生は塾をやっていたんだ。家にお金がないけど、やる気のある子たちを集めて、無料でさ。学生とか社会人とかからもボランティアを募って」

「『みんなのガクシャ』だったか。そのサイトも確認したよな？　それが？」

「うん。実は、俺の知り合いにも、一人、そういうところに通ったことのあるやつがいる。『みんなのガクシャ』じゃないけど、似たような感じの、そういう塾に、中学のころ通っていたんだ。そいつ、その後にグレちゃって、脱法ドラッグとかさ、それが落ち目になったら亜酸化窒素とか扱ってたやつだったんだけど」

「笑気ガスか。くだらない商売だな。それが？」

「うん。くだらない商売をやってた、くだらないやつだ。でも、そいつ、よくそこの塾のことを話してた。俺を人間扱いしてくれたのは、あとにも先にもあそこだけだったって」

「普通の人間は、普通に人間らしく生きていれば、普通に人間扱いしてもらえる。そいつは他人を責める前に自分の行いを省みるべきだ」

「そうだったのかもな。そいつ、くだらないいさかいに関わって、もう死んじゃったけど」

　圭司は呆(あき)れたように鼻を鳴らしたが、祐太郎は構わずに続けた。

「人間扱いしてくれるっていうのはさ、自分の今を自分の未来のために使えって言ってもらうことだって、そいつは言ってた。自分の未来のために、自分の今を大事にしようって思えることだって」

　その話をするとき、そいつはいつも少し得意そうで、少し寂しそうな顔をしていた。祐太郎はそんなことを思い出した。

「それで、なあ、死亡確認は取れたのか？」

「広山先生が遺(のこ)したあの塾は続けられるようにしたいんだ」

「遺した？　じゃあ、依頼人は死んでいるんだな？」

「広山先生の銀行口座を確認したら、あるべきお金が消えていた。どこに消えたかはわからない。どこかにあるなら、取り戻したい。塾を続けるためには必要なお金らしいんだ。削除依頼のあったデータ、見せてくれないか？」

「ダメだ」

予想していた答えだった。圭司が手を伸ばす前に、祐太郎はデスクの端にあったモグラを引き寄せた。そのまま胸に抱える。

「おい」

圭司が低い声を出して、祐太郎を睨みつけた。

「やりすぎだ。返せ」

「お金が消えてるんだ。そのお金がなくても大丈夫だって広山先生は思っていたんだろう。自分が稼いで、家にも、塾にも、お金を回せるって。だから、それくらいのお金は大丈夫だって、どこかに持っていった。でも、自分が思っていたよりずっと早く広山先生は死んじゃった」

「うちには関係ない話だ。返せ」

圭司が手招きをするように、右手の指をくいくいと折り曲げた。

「わかったよ」

祐太郎はモグラを頭の上に掲げた。そのまま二歩、後ずさる。

「こいつを叩き壊して時間を稼ぐ。その間に、息子さんと話をして、ケイにデータを削除させない方法を考えてもらう。弁護士を雇って、何かすれば、どうにかなるんだろ？」

　言いつのる祐太郎を圭司は冷たく見上げたままだった。

「そのとき、依頼人の遺志はどうなるんだ？　不慮の死だ。まさにこういうときのためにこそ、依頼人はうちに依頼をしていた。その気持ちを無視して、それは、いいことをしているつもりか？　お前、何様なんだ？」

「壊すぞ」

「いいさ。こっちのパソコンからだって削除できる。時間を稼ぐ？　笑わせるな。二分でできるぞ」

「塾だけじゃない。そんなことになって、奥さんも、息子さんも、広山先生を信じられなくなっている。データを削除することで、広山先生が何を守ろうとしたのかは知らないよ。でも自分が続けてきた塾もなくなって、妻からも、息子からも信頼を失って、それでも守るべきものなんてあると思うか？　広山先生の人生が本当にゼロになっちゃうんじゃないか？」

　ふっと圭司の視線が揺れた。わずかに揺れた視線が、つかの間、デスクの上に置いた本に向かった。祐太郎はその本を見た。前に祐太郎が本棚から手にしたものだった。「民事訴訟法」と、そのとき、その本について圭司は言っていた。「父のだ」、と。

少なくとも読んで楽しめる本ではなかった。圭司には内容が理解できるとしたところで、それは同じことだろう。

「消すことで守れることもあれば、残すことで守れることもあると思う。確認してくれるだけでいい。それが消えた金に関係ないデータなら、そのときには黙って消してくれていい」

しばらくデスクの縁辺りを見ていた圭司は、やがてため息をつき、また手招きをするようにくいくいと指を曲げた。

「戻せ」

「やってくれるのか？」

「データはモグラからしか出せない。壊されるととても困る。だから、今回だけやってやる。戻せ」

「ありがとう」

そうは言ったが信じ切れず、祐太郎はデスクの端に置いたモグラから手を離せなかった。そんな祐太郎をちらりと見上げてから、圭司は手を伸ばして、不機嫌そうにモグラを手元に引き寄せた。画面を開き、キーボードとタッチパッドを叩く。祐太郎は諦めてその様子を見守った。どうせデータに触れられるのは圭司だけなのだ。どうであれ、圭司にやってもらうしかない。

「時差の理由は何だった？」

　モグラを操作し続けながら、圭司が聞いた。

「ああ、スマホ。スマホを息子さんがいじったから」

「なるほどな。二十四時間、スマホとパソコンを使わなかったとき、パソコンのフォルダを削除する設定だ。だから、信号はこなかった。スマホにロックをかけてなかったのは、そっちには見られて困るデータがなかったからか」

　そう言いながら手を動かしていた圭司は、手を止めて、ちっと舌打ちした。

「どうやら、まんまだな」

　画面を祐太郎に向ける。

「フォルダの中は、ネット銀行の口座を管理するアプリだ。これを消すと、口座の存在そのものがわからなくなる」

「そうなの？」

「通帳とキャッシュカードがなかったら、その銀行に口座があること、第三者にわかるか？　同じようなことだ」

「この口座の内容、見られる？」

「無理だな」

　圭司がアプリを開いた。ＩＤとパスワードを要求する画面が出た。

「IDもパスワードもわからない」

「そこは何とかならないの？　テレビとかであるだろ？　数字がばーっと流れるようなさ。それで、あ、ヒットした、みたいな」

「ブルートフォースアタックか。どれだけ昔の話だよ。だいたい最低限のセキュリティ意識があるサイトなら、パスワードが数回間違えて入力されたときには、当面、そのIDへのアクセスを拒否するようになっている。そもそものIDからしてわからないんだ」

「あー、でも、ほら、前に言ってただろ？　情報漏洩はシステムが悪いんじゃなくて、人が悪いんだ、みたいなこと。だったら、広山先生のパソコンを探って、何か見つけられるんじゃない？」

「IDとパスワードなあ」

呟いて、圭司は何度か軽く頷いた。

「やってみるか。試されているようで胸くそ悪いけどな」

「試してない」と祐太郎は言った。「そんな気、まったくない」

それには答えず、圭司はモグラを操作した。しばらくの間、圭司がキーボードを叩く音だけが部屋に響いた。その音を聞きながら、祐太郎は自分の言葉の何が圭司を動かしたのか、考えていた。が、考える前から答えはわかっていたし、考えてみても答えは変わらなかった。

『妻からも、息子からも信頼を失って、それでも守るべきものなんてあると思うか？広山先生の人生が本当にゼロになっちゃうんじゃないか？』

その言葉に圭司は動揺した。祐太郎はその動揺した感情に語りかけた。

『消すことで守れることもあれば、残すことで守れることもあると思う』

無意識のうちに狙って放った言葉だった。

圭司はたぶん、父親の死後、父親のデジタル端末から何かのデータを消した。舞がそう疑っている通りに。

祐太郎はそう考えた。

圭司が削除したのはどんなデータだったのか。圭司はいつかそれを舞に告白することはあるのか。そして何より、そのことを圭司は後悔しているのか。

「うるさいよ」

不機嫌な声に祐太郎は圭司を振り返った。

「壁当て。うるさい。気が散る」

圭司に言われて、祐太郎は自分がいつの間にか野球ボールを手にして、壁当てをしていたことに気がついた。

「ああ。うつった」と祐太郎は言った。「ごめん。もうやらない」

「いいよ。もう終わった」

「終わった？　もうわかったのか？」

祐太郎はボールをその場に放り、圭司のデスクの前に戻った。

「システムセキュリティ技術者に裁かせたら、依頼人は即座に終身刑だな。こういうユーザーが多いから、セキュリティ管理者が苦労をさせられる」

「どういうこと？」

「ネット書店と同じＩＤとパスワードを使っていて、なおかつ、ネット書店のＩＤとパスワードがブラウザに記憶されていた。終身刑どころか、死刑ものかもな」

「中、どうだった？」

圭司は祐太郎に画面を向けた。

「この口座はかなり前から使われている。開設は十二年前。直後に、何度かに分けて、依頼人自身がまとまった金を振り込んでいる」

「いくらくらい？」

「五回に分けて、合計、八百万。詳しくはわからないが、家族にばれないように隠していた金を、ネット銀行に口座を開設したのを機に、一気に集めたんだろう」

「いろんなところに隠していたへそくりを、隠し金庫を買ったのを機会に、一斉にそっちに移したってこと？」

「そんな感じだな。その後は、不定期に口座に金が振り込まれている。振込主は依頼人自身だ。ＡＴＭからの入金もあるが、これもおそらく依頼人自身がやったんだろう。入金の総額は初期の振り込みと合わせて二千二百万ほどだな」

少なくとも二千万以上のお金が口座から消えている。依頼人の息子もそう言っていた。

「これだけの額のへそくりを作りながら、家庭も回して、ボランティアの塾もやっていたんだから、たいしたもんだ」

「投資顧問会社って、給料いいの？」

「会社によるし、人にもよるし、何より時期による。マーケット全体が落ち込んでいるような時期は、稼ぐにしたって限界がある。そういうときには、手取りの所得は下がるだろうし、ひどいリストラもある。ただ、まあ、一般企業よりははるかに高い収入だろう。実際、依頼人はこれだけのへそくりを作っている」

「でも、こんな大金、いったい何に？　使い道は？」

「開設から五年間、口座の金は一切使われていない。ただ貯められているだけだった。が、七年前から、使われるようになる。毎回、同じ相手に金が振り込まれている」

「誰？」

女、と咄嗟に考えたが、圭司が画面に出した振込先にあったのは、男でも女でもなかった。

『ハピネスケア　カエデノサト』

「ハピネスケア？　何？」

「これだ」

圭司は、モグラとは違うパソコンにつながった三台のモニターの一つを祐太郎に向けた。モニターには『ハピネスケア　かえでの郷』という介護つき有料老人ホームのホームページが開かれていた。居室数四十ほどの施設で、所在地は千葉県千葉市。

「依頼人は『ミカサユキヤ』という名義で毎回振り込みをしている。七年前の初回に、百五十万。その後は、毎月、きっちり二十万ずつ」

「七年前って言った？　そこから、毎月二十万？　っていうと……」

「一千五百万少々。それに最初の百五十万。口座の残金はこれだな」

再びモグラに戻って、圭司が口座の残金を画面に出した。

「五百四十万？　二千万以上あったのに、これだけ？」

「毎月、二十日に二十万が自動的に振り込まれることになっている」

「何なんだよ、これ？」

「普通に考えれば利用料だろう。この老人ホームにいる誰かのための利用料を依頼人は払っていた。初回の百五十万は最初の入居費用だろうな」

　圭司は『ハピネスケア　かえでの郷』のサイトから利用料金案内のページを呼び出した。部屋と契約形態によって額はまちまちだが、『入居一時金』は『〇～二五〇万円』で、『月額費用』は『一四～二五万円』となっている。

「でも、誰のために？　広山先生の親御さんは亡くなっているはずだ。高校生のとき事故で死んでいるって。親戚付き合いもないって」

「まともな関係の人なら、家族に隠さないだろう。それに、名前を変えているのもおかしい。依頼人は、ミカサユキヤに代わって、利用料を払っているってことも考えられる」

「ミカサユキヤに脅迫されているとか？」

「さあな。そこまではわからないよ」

「これ、止められる？　放っておくと、今月も振り込まれちゃうんだろ？」

　広山の期待した額には到底足りないが、今あるだけでも取り戻したかった。

「それは断る」

　覗き込んでいた祐太郎の鼻先でぱたんと画面を閉じて、圭司は自分の近くにモグラを引き寄せた。

「口座からの出金は定期の振り込みだけ。依頼人が削除依頼をしたのは、この振り込みが続くことを望んだからだ。それを止めることは許さない」

圭司の手はモグラの上に置かれたままだった。圭司の運動能力を考えたとき、モグラを取り上げることが簡単にできるとは思えなかったし、そこまではさすがに祐太郎もやるつもりはなかった。

「誰のために、何で振り込んでいるのか。それを知りたい」と祐太郎は言った。「もしそれが十分に納得できるものなら、奥さんや息子さんに知らせるべきだと思う。今、二人の中で、広山先生への不信感がふくれあがってる。ふくれあがった不信感は、二人の中にいる広山先生を押しつぶして、追い出してしまう。そんなことを許しちゃいけないと思う」

祐太郎にしてみれば、再び圭司に揺さぶりをかけたつもりだった。が、同じ場所を衝かれて二度も動揺するほど、圭司は弱くはなかった。

「お前がどう思うかは問題じゃない。依頼は明らかだ。うちはそれを引き受けた。だったら、あとはそれをやり遂げるだけだ」

淡々と言い、またモグラの画面を開くと、圭司は素早くタッチパッドに指を躍らせた。

「悪いな」

小さな呟きだった。トン、と圭司の指が最後にタッチパッドを叩いた。それで依頼を遂行したようだ。再び画面を閉じたモグラをデスクに滑らせると、圭司は車椅子を回して、祐太郎に背を向けた。

自宅に戻ると、玄関の鍵はかかっていなかった。引き戸の玄関を開けた祐太郎を、タマさんと煮物の匂いが出迎えた。

「ただいま」

タマさんを抱いて中に入ると、台所に向かっていた遥那が振り返り、のけぞって見せた。

「何でこんな早いのー？　せっかく今からご馳走をたんまり作るつもりだったのにー」

「早く帰ったからって、その予定を変える必要はない。ご馳走？　楽しみ。こっちで待ってる」

祐太郎はちゃぶ台を指した。

「だって、それなら、祐さんが作ったほうが早いし、おいしいじゃない？　もー、本当に残念」

腕まくりしていた袖を下ろして、「どーぞ」と遥那は台所を手で示した。タマさんを放して袖をまくり、祐太郎は手を洗いながら台所を見渡した。言葉とは裏腹に筑前煮はもうできあがっている。あとは西京焼きを仕上げるつもりだったらしい。味噌漬けのサワラがあった。だったら味噌汁の実は緑色がいいだろうと冷蔵庫を開けて小松菜を取り出す。

「仕事、ずいぶん早いんだね」と遥那が言った。

時間はまだ五時すぎだった。

「ああ、うん」

油揚は見つかったが、作り置きしておいた出し汁が見当たらなかった。今朝、使いきったのを思い出して、祐太郎は小さくため息をついた。

「まさか、もうクビになったとか？」

ため息を誤解されたかと苦笑しかけて、誤解ではないかもしれないと思い直した。祐太郎自身、今のため息がどこにつながっていたのか、はっきりとはわからなかった。

圭司が依頼を遂行したあと、二人でいるのが気詰まりで、祐太郎はさっさと帰宅することにしたのだ。今日は帰る、と告げた祐太郎を圭司も引き留めはしなかった。

「クビじゃないけど、そろそろ辞めるかも」

冷蔵庫を閉じ、棚から出しの素（もと）のパックを取り出しながら、祐太郎は応じた。

「どうした？　社長と喧嘩（けんか）した？」

「喧嘩じゃないけど、やっぱりちょっと違うよなあって思って」

「違うって、何が？」

「あー、つまり、仕事に対する考え方？」

「ほう、ほう」

「ケイには、ああ、うちの社長、ケイっていうんだけど、ケイには、信念っていうのかな。いや、そういうのとは何か違う気がするな。一本通った筋じゃなくて、もっと、そうだな、重石みたいな感じだな。こうやって、ぎゅーっと上から押さえつけているものがあってさ。その重石があるから、すごく冷静に、確実に仕事をこなせるんだけど、でも、その重石って、俺にはやっぱり重たそうに見えちゃうんだよね。苦しそうだなあって。でも、たぶん、その重石があるから、ケイはケイであるような気もするんだ」

小松菜と油揚を切りながら、祐太郎は言った。

「でさ、その重石をちょっといったんこっちに置いて、身軽にお話してみましょうよ、ってときもあるわけさ、俺にしてみれば。でも、そういうこと、ケイはしないんだ。しないっていうか、自分にさせないっていうか、うーん、そういう感じ、わかる？」

沈黙に振り返ると、にやにやした遥那と遥那に後ろ足で立たされているタマさんとが祐太郎を見ていた。

「何？」と祐太郎は聞いた。

「私とタマさんがヤキモチを焼いているところじゃ」

「は？」

「祐さんがそんな風に誰かのことを喋っているの、初めて聞いた。ねえ、タマさん？」

「そんなことないだろ」

「そんなことあるよ。そんな風に熱心に誰かについて喋ったこと、これまでなかった。祐さんって、フレンドリーな割には友達いないのかもしれないなあって心配してたんだよ」

「そうだったの？」

祐太郎は言って、料理に戻った。小松菜と油揚をナベに入れて、グリルで味噌漬けのサワラを焼き始める。

「で、社長のほうはどうなの？」

「ん？」

味噌が焦げないように見張りながら、祐太郎は聞き返した。

「その社長はさ、祐さんのこと、どう評価しているの？」

「さあ。どうなのかな。まあ、使いっ走りみたいなもんだから、誰でもいいと思ってるんじゃないかな。誰でもいいから、こいつでもいいかって」

「あ、ひがんでる」

「そういうんじゃないよ。あっちは使う人、こっちは使われる人。仕事の関係で、友達じゃないんだから」

料理ができあがると、二人はちゃぶ台で、タマさんはその傍らで、早めの夕食を食べ始めた。

「じゃあ、社長に任せればいいんじゃない？」

「何？」

「いつまで働くかは相手に決めさせればいい。辞めろって言うまでいればいいのよ。だって、給料はちゃんと払ってくれるんでしょ？」

鶏肉、れんこん、ごぼう、にんじん、と次々に口に放り込みながら遥那は言った。

「ああ、うん、まあ。たいした額じゃないけど」

「前の日雇いみたいな、その場しのぎのよくわからない仕事より、私は安心して見ていられる。そこで働き始めてから、祐さん、少しよくなった気がするよ」

「よくなった？」と祐太郎は聞き返した。「よくなったって、何が？」

「何だろう？」

自分で言っておきながら、遥那は箸の先をくわえて首を傾げ、祐太郎をまじまじと見た。

「顔つきっていうか、全体的なたたずまい？　そういうのが」

「あー、それはつまり、そういうのが、今までは悪かった？」

祐太郎が聞き返すと、遥那は、にゃはは、と笑って誤魔化した。それで祐太郎にも、その話題が妹に絡んだものなのだとわかった。妹を亡くして以来、祐太郎がずっと何かを損なっていたように遥那には見えていた。そういう意味なのだろう。それは何なのか、祐太郎にはわからなかったし、おそらく遥那にだってわかってはいないのだろうと思った。圭司のもとで働き続けることで、何かが回復するのか、何かを取り戻せるのか。それもわからなかった。ただ、『フリーランスのガキの使い』としてグレーな仕事を重ねているときよりは、ずいぶんマシな気持ちでいることも確かだった。

「じゃあ、まあ、もう少し働いてみようかな」と祐太郎は言った。

「それがいいよ」と遥那が言った。

「異論なし」という顔でタマさんがキャットフードをこりこり食べていた。

翌日、祐太郎が事務所に行くと、圭司はモグラではないパソコンに向かっていた。

「おはよう」と言った祐太郎にちらりと目を向けると、圭司はプリンターを顎でしゃくった。

「それ」

何枚かの紙が、印刷を終えてトレイに溜まっていた。取れという意味なのだろうと思い、祐太郎は紙を手にした。圭司に渡しかけて、印刷された文字が目に留まった。

『三笠幸哉』

何が気になったのかがわからず、声に出した。

「ミカサユキヤ」

自分の声を耳で聞いて気がついた。ミカサユキヤ。依頼人、広山達弘が老人ホームにお金を振り込む際に使った名前だ。慌てて手にした紙に目を落とす。印刷されているのは地方新聞の短い記事だった。記事そのもののコピーではなく、アーカイブされたテキスト文章だ。

「ああ。三笠幸哉。今から三十二年前、海で溺れ死んでいる。当時、二十一歳。一晩かけて探したが、他に気になる『ミカサユキヤ』は見つからなかった」

「調べてくれたのか？」

「他に仕事もなかったからな」と圭司は言い、すぐに話を戻した。「その記事にある通り、三十二年前の八月、三笠幸哉は静岡の海岸に海水浴にきて、溺れ死んでいる」

記事には、確かにそう書いてあった。友人と海水浴にきていた静岡市内在住の二十一歳、無職、三笠幸哉さんが、海水浴中に溺れ、行方がわからなくなった。すぐに海中で見つかり、救助員に救助されたが、搬送先の病院で死亡が確認された。記事は、その落ち度をさりげなくなじるように、事故当時、三笠さんは大量に飲酒していたと付け足していた。

「広山先生は、三十二年前に海の事故で死んだ三笠幸哉を名乗って、誰かの分の老人ホームの利用料を支払っていた。そういうこと？」

「ああ、そういうことだ」

圭司が祐太郎の手元を見て、顎をしゃくった。祐太郎は手にした紙をめくった。

『みんなのガクシャ』のサイトで、来歴を紹介した部分を印刷したものだった。創設者は広山達弘。その簡単な履歴も記されている。出身地は静岡県静岡市となっていた。

「二人は知り合い？」

「依頼人は、二週間前に五十三歳で亡くなっている。三十二年前は二十一歳。三笠幸哉と同い年だ。依頼人がいつまでそこにいたかはわからないが、三笠幸哉の住んでいた静岡市の出身。二人の関係で、今、わかっているのは、それだけだ」

引っかかる言い方だった。

「二人の関係で？　他には何が？」

『かえでの郷』っていう、例の老人ホームに電話した。幸哉さんのことで、至急三笠さんに連絡を取りたいのだが、取り次いでもらえないかと」

「三笠さんって？」

「三笠幸哉を名乗って利用料を払っているんだ。おそらく、三笠幸哉の母親か父親かが入居しているんだろう。そう思った」

「それで？」

「入居しているのは、三笠ヤスオミ氏。施設の回答は、電話の取り次ぎは行っているが、三笠さんは電話口には出られない、というものだった。どうも言葉が不自由な状態のようだ」

　そう言って圭司は祐太郎を見た。

「だいたいストーリーが見えてこないか？」

「三笠幸哉さんの友人だった広山先生は、亡くなった友人の親御さんのために、老人ホームのお金を払い続けている。そういうこと？」

「ただの友人がそこまでするとは思えない。その友人は三十二年も前に死んでいるんだ。普通の友情ならとっくに時効だろう」

「じゃあ、何で？」

「三笠幸哉は友人と海水浴にきて溺れ死んでいる。しかも、そのとき三笠幸哉は大量に酒を飲んでいた。もちろん、友人と一緒に酒を飲んだんだろう」

「その友人が広山先生？」

「そう考えれば、つじつまは合う。依頼人は三笠幸哉の事故に罪悪感を抱いていた。無理に酒を飲ませたとか、ふざけ半分で酔っている三笠幸哉に泳ぎに行くことをそそのかしたとか、いっそ強要したとか。溺死の原因を作ったのが依頼人だったのかもしれない」

「だから、三笠幸哉さんのお父さんのために、お金を？」

若いころ、広山達弘は友人の死に関わり、深い罪悪感を覚えていた。年を重ね、結婚もして、子供も生まれた。いい仕事に就き、人よりずっと多い稼ぎも上げている。誰もが羨むような満ち足りた暮らし。が、そんな暮らしが続くほどに広山達弘の胸の中の罪悪感は肥大していった。あるときから、広山達弘は、家族に黙って、償いのために貯蓄を始めた。そして、友人の父を捜し出し、その人のために老人ホームの入居費用を払い、今も利用料を支払い続けている。自分に万一のことがあっても、その支払いが滞らないよう、ネット銀行の口座を誰の目にも触れないように細工した。

「でも」と気づいて、祐太郎は言った。「三笠ヤスオミさん、だっけ？　三笠幸哉さんのお父さんだよな、たぶん」

「ああ、たぶんな」

「ヤスオミさんは、老人ホームのお金を誰が払っているんだと思っているんだろう？　もしそれが、息子のかつての友人だと知っているなら、さすがにそこには頼らないだろ？　どう考えたって、おかしな話だ」

「三十二年前の事故について、依頼人が自分の責任を明らかにして、三笠ヤスオミ氏に許しを請うていたら？」

「うーん」と祐太郎は考え込んだ。

自分の息子を死に至らしめた人が謝罪にきて、経済的支援を申し出た。普通ならば、受けないだろう。仮に何らかの事情で受けることになったとしても、その人に息子の名前を名乗ることを父親が許すだろうか。

祐太郎がそう言うと、圭司も思案顔になり、「確かにな」と頷いた。

「千葉だっけ？」と祐太郎は言った。

祐太郎の望みはわかったようだ。鼻を鳴らして、圭司が祐太郎を見た。

「これ以上の事情を知って、どうする？」

「息子さんや奥さんに伝えられることがあるなら、伝えたい。もちろん、依頼がばれないように、うまくやるよ」

「言葉が不自由だと言っていた。会話にならないかもしれない」

「筆談ならできるのかもしれないし、施設の人が何か知っているかもしれない」

「千葉か」

「車なら一時間かからない。行って、話を聞いて、帰ってくる。三時間後にここで報告する」

「報告はいらない」と言って、圭司はハンドリムを押した。「ほら、行くぞ」

『ハピネスケア　かえでの郷』は千葉市の外れ、細い県道の脇にあった。三階建てののっぺりとした建物は、場違いな場所に建てられたシティホテルのようだった。マンションではなくホテルに見えるのがなぜなのか、祐太郎はしばらく考え、ベランダがないためだと気がついた。

駐車場に車を停め、後部ドアからスロープを下ろしていると、建物から中年の男性が出てきた。手伝いにきてくれたらしいが、スロープさえあれば、圭司は一人で車から降りられる。男性の胸には『林(はやし)』という名札がついていた。施設の事務員とのことだった。

部屋にベランダがないのは安全上の理由からか、と祐太郎が尋ねると、彼は改めて建物を眺めた。

「いえ、いえ。すべての施設でそうというわけではないです。うちではベランダがあるのは二階のレクリエーションルームだけですが、そうですね、言われてみれば、うちにはベランダがないんですね」

感心したように言って、事務員は笑った。

彼に先導されるようにして、建物に向かった。入り口の脇にあるカエデの木が施設の名前の由来らしい。背は高いが、あまり見栄えのする木ではなかった。

自動ドアから中に入ると、正面に小さなフロントデスクがあった。脇にソファがいくつか。やはり田舎町の寂れたシティホテルのようだった。

「それで、本日は？」

フロントデスクの向こうに回り、事務員が言った。

「三笠ヤスオミさんに会いたいんすけど」

「病院ではありませんので、面会時間内であればご自由にお会いいただけるのですが」と言ったあと、事務員はいかにも申し訳なさそうな表情になって続けた。「昨今は、いろいろうるさいもので、一応、確認させていただけますか。三笠さんとはどのような？」

祐太郎が設定を考える前に、圭司が口を開いた。

「我々は、ヤスオミさんではなく、幸哉さんの知人です」

二人がそっと息を詰めて反応をうかがっていることには気づかなかったようだ。

「幸哉さんとおっしゃると」と視線を少し巡らせた事務員は、ああ、と大きく頷いた。

「息子さんですね？」

「ご存じですか？」

「ええ。ヤスオミさんのご入居の際に、お目にかかりました」

祐太郎と圭司は短く目配せを交わした。三十二年前に死んだ三笠幸哉がこられるわけがない。依頼人の広山達弘は、三笠ヤスオミ氏とともに、息子を装って、入居手続きにきたことになる。ふと思いついたように圭司が顔を上げた。

「ホームページで見たんですが、ここに入居するためには身元保証人が必要ですよね？　ヤスオミさんの身元保証人は、幸哉さんですね？」

「それは、ええ、もちろん」

そう返して、事務員が少し訝しそうに圭司を見た。

「それがどうかしましたか？」

「ええ。その件で、ちょっとありまして」と圭司が言葉を濁した。

「ちょっとと言うと？」

「すみません。これ以上は、お二人のプライベートなことなので、私の口からは」

「ああ、はあ。そうですか」

曖昧に頷いた事務員は、気を取り直したように、フロントから身を乗り出して二人の右手を示した。

「あちら、奥にエレベーターがありますので、それで二階へ。お部屋よりもレクリエーションルームかなあ。三笠さん、時間があるときには、よくそこにいらっしゃるので。どちらにしても二階です。もし必要ならば、担当者にも声をかけておきますよ。普段の様子などお知りになりたいようでしたら」

「いえ、そこまでは結構です。ご本人と話ができれば。できますか？」

「言えば、通じてはいるのだと思います。ただお返事はいただけないもので。日常生活に困るほどではないのですが、どこまで理解していらっしゃるかは、こちらからは何とも」

言葉が不自由なだけでなく、認知機能にも軽く支障をきたしているということだろう。

「そうですか。わかりました。ありがとうございます」

圭司は祐太郎を促して、車椅子を進めた。事務員の目線が届かなくなるのを待って、祐太郎は言った。

「身元保証人か。だから、広山先生は、三笠幸哉を名乗ったんだね？」

「ああ。だから、利用料の振り込みも三笠幸哉名義にしたんだろう」

誰ともすれ違わずにエレベーターの前にきた。祐太郎は上のボタンを押した。

「広山先生が死んだことは？」

「知らせるべきだろう。ヤスオミ氏にしてみれば、あと二年と少しで、それまで振り込まれていた金が途絶えることになるんだ。他に収入源があるならいいが、そうでないと、いろいろ難しいことになる。あ、お前、残りの五百万は諦めろ」

「ああ、うん」

祐太郎は圭司とともに、やってきたエレベーターに乗り込んだ。

レクリエーションルームには大勢の老人がいる。名前から、祐太郎は勝手にそう思い込んでいた。その中から三笠氏をどうやって見つけるかが問題だと思っていたのだが、レクリエーションルームには誰もいなかった。

「あれ？」

床張りのがらんとした部屋だった。体操をしたり、歌を歌ったりする部屋なのだろう。片隅にはオルガンがあり、たたんだパイプ椅子も壁に立てかけてあった。誰もいない部屋を見回して、首を傾げた祐太郎の手を圭司が叩いた。

「あれだろ」

圭司の目線を追うと、ガラス戸の向こうのベランダに老人が一人立っていた。ワイシャツに薄手のセーターを着て、スラックスをはいている。右手に杖(つえ)を持ち、わずかにそちら側に体を傾けていた。

部屋との段差はなかった。祐太郎は靴を脱ぎ、圭司はそのまま車椅子を進めた。部屋を横切り、ベランダにつながるガラス戸を開けても、老人は遠くを眺めたままだった。祐太郎はその方向を眺めた。たいしたものはなかった。狭い県道。はるか先にゴルフ場。あとは古い工場のような建物。木に覆われた低い丘。どんよりと曇った空。あまりに見るべきものがなくて、老人がどこに目を向けているのか、想像がつかなかった。

「三笠ヤスオミさんですね？」

　すぐ隣に車椅子を進めた圭司が声をかけた。が、老人は何の反応も見せなかった。二人に目を向けることすらなかった。わし鼻にこけた頰。頑固そうな顔をしていた。

「ダメだね」と祐太郎は言った。

「お知らせすることがあります」と圭司は構わずに続けた。「広山達弘さんが、お亡くなりになりました」

　何の反応もないだろう。そう思っていた祐太郎は不意をつかれて、ぎょっとした。かっと目を見開いた老人が圭司を睨みつけていた。

「誠に残念ですが」と言いながら、さすがに圭司も気圧されているようだった。まるで食いつきでもするかのような形相で、老人は圭司を睨んでいた。「二週間ほど前に、心筋梗塞で」

　老人の口が開いた。が、そこから言葉は出てこなかった。老人の手から離れた杖が、カランと乾いた音を立てて倒れた。老人は両手を圭司の胸に向かって伸ばした。腰を折り曲げて、圭司のジャケットの襟をつかむ。

　今の言葉を取り消せ。取り消してくれ。

　憤りと祈りが一緒になったような形相だった。祐太郎が止めようと思ったとき、老人は膝をついていた。ヒューヒューというような苦しそうな呼吸をしている。

「人を呼んでこい」

祐太郎に命じると、圭司は胸倉をつかまれたまま、老人の背中をさすり、声をかけた。

「しっかりしてください」

祐太郎が我に返って、ベランダを飛び出すのと同時に、女性の職員がスリッパを蹴り捨てるようにして、レクリエーションルームに飛び込んできた。

「三笠さん。大丈夫ですか？」

四十歳ほどの小太りの女性だった。祐太郎には目もくれずベランダまで駆けて、老人の脇に膝をつく。

「どうしたんです？」

彼女は咎めるように圭司を見て、同じ視線で、後れてベランダに戻った祐太郎を見た。

「ショックなお知らせがあったんです」と圭司は言った。「伝え方もまずかったです。お詫びします」

そのときには老人は圭司の膝に体を預けるようにしてくずおれていた。彼女は老人の手首を取り、脈を診た。しばらくそうしたあと、一つ頷き、老人に声をかける。

「三笠さん、歩けますか？」

返事はなかったが、老人の呼吸は少し落ち着いてきていた。

「君、手伝って」

祐太郎は彼女と二人で両側から老人に肩を貸して歩き出した。落ちていた杖を拾って、圭司もあとからついてきた。廊下を歩き、エレベーターホールを通りすぎたところで、彼女が顎をしゃくった。

「そこの、二〇六」

二〇六号室のドアには『三笠泰臣』と掲げられていた。引き戸のドアに鍵はかかっていなかった。祐太郎は戸を引いて、彼女と二人で、老人を中に運び入れた。ベッドと小さなデスクが一つ。それしか家具はなかった。ベッドに寝かせると、彼女は老人のシャツの首元を緩めた。

「三笠さん。聞こえますか？」

老人が億劫（おっくう）そうに腕を上げて彼女を押しやりながら、何度か頷いた。

「薬をもらうほどでもないかな」

彼女は老人の額に手を当てて呟いた。老人はその手も億劫そうに払った。

「大丈夫ですね？」

彼女の声に老人が何度か頷く。

「わかりました。少しでも気分が悪くなったら、いつでも呼んでください。いいですね？」

老人がまた頷いた。

彼女は祐太郎と圭司を促して、老人の部屋を出た。ついてくるのが当然だと思ったのか、彼女は二人を振り向きもせずに、せかせかした足取りで歩き出した。

「私は、フクシマと言います。三笠さんの居室担当です。ああ、つまり、身の回りのお世話をしております」

祐太郎と圭司はそれぞれ名前を名乗った。彼女は二人を一階の食堂に連れていった。食堂では何人かの老人がそれぞれの家族と思(おぼ)しき人たちと談笑していた。その和やかな空気を避けるように、彼女は一番隅の席に二人を誘った。

「それで、何があったんでしょう？」

給湯器から注いだお茶を二人に勧めると、彼女は単刀直入にそう聞いた。答えるのが当然だというような口調だった。祐太郎と圭司は視線を合わせ、圭司が口を開いた。

「先日、息子さんの三笠幸哉さんが亡くなりました。我々はそれをお伝えしに参りました」

彼女が息を呑(の)んだ。

「何てことでしょう」

　やがて彼女はゆっくりと息を吐いた。

「ああ。かわいそうに」

「心筋梗塞で、突然のことでした」と圭司が言った。

「まだお若いでしょう？」

「ええ。五十三歳です。お会いになったことが？」

「入居時に一度。それと、面会にも、ごくたまにでしたけど、いらしてました。私は二度ほどお見かけしました。もうだいぶ前になりますが、息子さんが帰られたあと、あいつには苦労をかけたんだって、三笠さんが、しみじみとおっしゃっていたことがありました。つらい思いをさせたって」

　その言葉に、祐太郎は口を開きかけたが、圭司に目線で止められた。

「つらい思いというのは？　どういうことでしょう？」

「詳しい事情までは聞いていませんが、何かしら、経済的なことでしょうかね。あいつは小さなころから頭がよかったのに、ろくに勉強もさせてやれなかった。それでもあいつは自分で頑張って道を切り拓いたんだって。息子さんは、二十二歳で大学に入られて、卒業したのが二十六歳だとか。ご存じでしたか？　そういう年だと日本の企業に就職するのは難しいから、外国の会社に入ったんですって？　それで今ではエリートなんだって、ええ、たいしたやつだって、そうおっしゃっていました」

状況がまったく呑み込めなかった。依頼人、広山達弘は、泰臣氏の身元保証人になるために、三十二年前に死んだ三笠幸哉の名前を借りた。利用料の振り込みも、その名義で行っていた。だとするなら、その状況はあり得ない。なぜ泰臣氏が広山達弘の今の成功にしみじみと感心しなくてはならないのか。

祐太郎が圭司を見ると、圭司も困惑の表情を浮かべていた。

「泰臣さんと息子さんは、仲がよかったのでしょうか？」

「仲がいいというのが、どういうことかはわかりませんが」と彼女は困ったような表情で言った。「少なくとも仲が悪いようには見えませんでした。お互いを思いやるような、そんな関係だったと思いますよ」

彼女が別の入居者から声をかけられたのを機に、二人は食堂を出た。

「どういうこと？」と祐太郎は聞いた。「何だか、わけがわからないんだけど。これじゃ、泰臣さんに会いにきていたのは、三笠幸哉さん本人だったってことにならない？　三笠幸哉さんは生きてた？　そういうことなの？　それとも、あ、泰臣さん、もう惚けちゃってて、広山先生と息子さんとの区別もつかなくなってたとか？」

「そんなわけあるか」と圭司は不機嫌に応じた。「泰臣氏は、広山達弘が死んだ、という言葉にあれだけ取り乱したんだ」

「ああ、どこへ？」

祐太郎の問いかけには答えず、圭司はずんずんと車椅子を進めた。エレベーターに乗り、二階へ戻り、三笠泰臣氏の部屋にとって返す。ノックをすると、入りますよ、と言って、返事も待たずにドアを開けた。

泰臣氏はベッドの上で目を閉じていた。その泰臣氏をちらりと見ると、圭司は車椅子を進めて、部屋の隅のデスクに向かった。幅広の引き出しと、右手に三段の引き出しが並んだ片袖デスクだ。パソコンはなく、スマホどころか携帯電話さえ見当たらない。デスクの上をざっと見回した圭司が引き出しに手をかけた。

「いや、え？　いいの？」と祐太郎は小声で聞いた。

それには答えず、圭司は幅広の引き出しをあさった。すぐに閉じて、右手の三段並んだ引き出しを探る。やがて一番下の引き出しから何かを取り出した。紙ひもで束ねられた手紙だった。躊躇(ちゅうちょ)なく一番外側の封筒を抜き出す。ずいぶん古びた封筒だった。それをひとしきり眺めた圭司は、中から便せんを取り出し、封筒を祐太郎に渡した。

宛先は三笠泰臣。住所は千葉県千葉市。差出人は静岡県静岡市の三笠瞳(ひとみ)。

ざっと便せんに目を通した圭司が、眉をひそめて、スマホを取り出した。

「封筒」

言われて、祐太郎は圭司に封筒を返した。圭司は封筒を見ながらスマホを操作した。

やがて、圭司はそのスマホを祐太郎に向けた。画面には、千葉刑務所の情報が出ていた。

「うん？」と祐太郎は聞いた。「千葉刑務所？」

「文面が妙だと思ったら、宛先の住所、千葉刑務所の住所だ。三笠瞳という女性が、刑務所に服役中の夫に向けて書いた手紙だった」

「え？　あ、こういう普通ので届くの？」

「俺だって、知らなかったよ。中は検閲されているだろうけど、見かけは普通なんだな」

　圭司は手紙を束ねていた紙ひもをほどき、封筒を横に並べた。全部で十二通。宛先はすべて千葉市の三笠泰臣だったが、最後の二通は明らかに筆跡が違っていた。圭司がその一つを手に取り、裏返す。差出人が『三笠瞳』から『三笠幸哉』に変わっていた。差出人の住所は記載されていない。

　圭司が最初に目を通した便せんを祐太郎に差し出した。祐太郎が受け取ると、圭司は次の封書を手にして、便せんに目を通す。しばらく迷ったが、祐太郎も受け取った便せんに目を落とした。真っ先に刺激的な文字が飛び込んでくる。

「殺人」と祐太郎は呟いた。

　しばらく二人は黙って手紙を古い順に読んでいった。

　事件が起こったのは、今から四十年前。三笠泰臣氏は、当時、静岡市内で食品加工工場を経営していたようだ。殺した相手は、近所に住む人で、泰臣氏はその人に金を借りていたらしい。

「殺意がなかったこと、裁判で信じてもらえず、とても悔しい思いをしているでしょう。たった三日、返済を待ってもらうつもりが、こんなことになるなんて」

　殺人罪で懲役十三年。妻の三笠瞳は、周囲の冷たい視線を避けるために一人息子を連れて、東京へ出る。が、その二年後、泰臣氏の父親が倒れる。泰臣氏の母親はすでに亡くなっていて、頼れる身寄りもない。三笠瞳は義父の介護のために静岡に戻ってくる。その後、二年間の介護生活を経て、三笠瞳は義父の最期を看取ることになる。

「お預かりしていたお父様を死なせてしまいました。どうか許してください」

　三笠瞳からの手紙でわかったのはここまでだった。その後のことは、三笠幸哉の手紙に引き継がれる。

　二年が経っていたとはいえ、殺人者の家族を見る周囲の視線は冷たいままだった。嫌がらせを受け、陰口を叩かれながらも、二年間の介護生活の末に泰臣氏の父親を看取った三笠瞳は、泰臣氏に手紙を送った直後に自殺してしまう。

「祖父を看取り、ようやくあなたからも、この町からも解放される。そう思っていました」と十七歳になっていた幸哉は父親に書き送っていた。「けれど、違った。この町であなたの父親を介護した二年間は、母をむしばんでいた。殺人者として刑務所にいるあなたと、殺人者の妻としてこの町に暮らした母とでは、どちらがつらかったのでしょう？」

十七歳の憤りが乗り移ったような荒々しい筆跡だった。

「オレもあなたの息子であることに耐えられなくなることがあります。オレ自身を消してしまいたい。そんな強い衝動にたびたび襲われます」

三笠瞳の手紙が夫をいたわり、励ますものだったのに対して、幸哉の手紙はどこまでも攻撃的だった。

「今は市内の養護施設で世話になっています。が、ここにいられるのは十八までです。十八になったら何をするのか、まったく想像がつきません。その代わりに、あなたの息子でなければ何をしていたか。そんなことをよく考えます。高校へは最後まで通いたかった。大学へも行きたかった。こんな惨めな生活でもオレが死なないのは、あなたのために死ぬのが嫌だからです。あなたのせいで死ぬのが嫌だからです」

その一通で三笠幸哉からの手紙は途絶える。次の手紙がくるのはその四年後だ。短い手紙だった。

「あなたの子供であることをようやくやめられそうです。オレはようやく自由になれる。二度と会うことはないでしょう。さようなら」

それが最後の手紙となった。手紙の消印は七月になっている。

「三笠幸哉さんが死んだのは……」

「ああ、その年の八月だ」

息子からの手紙を受け取ってひと月後、泰臣氏は刑務所内で息子が海水浴中に溺死したことを知らされた。そういうことになる。それはどれだけ深い絶望だっただろう。

祐太郎は背後で横たわる泰臣氏を振り返った。

「出よう」と圭司は言った。

二人は便せんをしまい、紙ひもで束ねて、引き出しに入れ直してから、泰臣氏の部屋を出た。

「やっぱり三笠幸哉さんは死んでるんだね」と廊下を歩きながら、祐太郎は言った。

「そうだな。たぶん、二人はそこで三笠幸哉という名前を葬ることにしたんだろうな」

「二人？」と祐太郎は聞き返した。「二人って、誰と誰？」

「三笠幸哉と広山達弘だよ」

「広山先生？」

「お前の言う広山先生は、ここで出てくる広山達弘じゃない」

「どういうこと？」

それきり黙り込んだ圭司についていくと、レクリエーションルームに戻ることになった。ベランダに出ると、圭司は話を続けた。

「三十二年前に海で溺死したのは広山達弘だ。そのとき、三笠幸哉は溺死体に三笠幸哉という名前をつけて、自らは広山達弘と名乗った。『あなたの子供であることをようやくやめられそうです』。そういう意味だ」

「入れ替わった？　二人は、そのときに入れ替わったのか？　え？　じゃ、広山先生、じゃない、三笠幸哉さんはオリジナルの広山達弘さんを溺死に見せかけて、殺したっていうこと？」

「たぶん違うだろう。殺人犯となった父親にあれだけの嫌悪感を示している若者が、どんな理由があるにせよ、同じ罪を犯すとは思えない。その一方で一ヶ月前に三笠幸哉の死を予言している以上、溺死は偶発的な事故ではあり得ない。となると答えは一つ」

「何？」

「広山達弘の自殺だ。人生を斜に構えて暮らしていた三笠幸哉は、自殺願望を抱えた広山達弘と知り合う。あるいは、もともとの知り合いで、再会したのかもしれない。広山達弘は死にたがっていて、自分の名前になど興味はなかった。三笠幸哉は死にたいわけではなくて、ただ三笠幸哉であることをやめたいだけだった」

多少の工作は必要だったかもしれない。が、広山達弘は若いころに両親を事故で亡くしていて、親戚付き合いもなかった。おそらく親しい友人もいなかったのだろう。同様に、母親を失い、荒んだ生活をしていたのであろう『無職』の三笠幸哉と入れ替わることは、難しいことではなかったはずだ。本来なら遺体の身元確認を求められるはずの三笠泰臣は刑務所にいる。一緒にいた友人が、これは三笠幸哉だと証言すれば、それを覆すことはできないだろう。

「三笠幸哉は、広山達弘として人生をやり直す。広山達弘は高校を卒業していたんだろう。その資格を使って、大学に入り、勉強する。もともとが優秀だった三笠幸哉は大学を卒業し、外資系の投資顧問会社に入社した。やがて結婚し、子供ももうけた」

この子には多くのものを与えてやれる。広山達弘となった三笠幸哉は喜びに震えただろう。そして、ふと思いつく。今の自分なら、より多くの子供に多くを与えてやることができる、と。

祐太郎は遠くのゴルフ場を眺め、呟いた。

「広山達弘になった三笠幸哉さんは、自宅を開放して、無料塾を始めた。自分のように、機会に恵まれなかった子供たちのために。あるいは、自分のように、一度荒んでしまった子供たちが、もう一度やり直すために」

「そういうことなんだろうな」と、やはり遠くに目を据えて、圭司が頷いた。「一方で、泰臣氏は刑期を勤め上げて出所する。が、もちろん、息子が生きているなんて夢にも思わない。妻を追い詰めた地元に帰る気にもなれず、刑務所があったこの地で暮らし始めたんだろう」

そのまま時が流れ、三笠幸哉もまた年を重ねる。父親への見方が変わり始めたのはいつからだったのだろう。ネット口座開設が今から十二年前。その後の十二年間で一千四百万を貯めている。もともとあった八百万を貯めるのには、単純に考えれば七年ほどかかった計算になる。とすると、三笠幸哉が何かのために貯蓄を始めたのは、十九年前。三笠幸哉が三十四歳のときだ。そのときにはもう、三笠幸哉は父親を許し始めていた。いつか父親に使うつもりでお金を貯めていたのなら、そういうことになる。それは、時期的に考えるなら、子供が生まれてしばらくしたころ。塾を開いたのと同じころだ。多くの子供たちと接することで、それまで黒く塗りつぶしていた父親との記憶がよみがえった。そういうことではないかと祐太郎は想像した。悪いことばかりだったわけじゃない。小さな輝きを放つささやかな記憶が、三笠幸哉の中で息を吹き返した。

「三笠幸哉は出所後の父親を捜し出した」と圭司は続けた。「和解がすぐにあったのか、その後にどんな交流があったのかはわからない。が、やがて泰臣氏に介護が必要になると、三笠幸哉はこの施設に泰臣氏を預け、身元保証人となり、その料金を払った」

身元保証人、三笠幸哉。続柄、長男。

この老人ホームの書類には、そう記載されているのだろう。その書類が、今では二人の正しい関係を示す、唯一のものだ。

「これから、どうする？」と祐太郎は聞いた。

「二年後にお金が尽きる。それは知らせないとな」

「ああ」

それからしばらく、二人は見るべきものもない風景をただぼんやりと眺めていた。ベランダに差し込んでいる西日が徐々に傾いていった。味気ない風景が薄闇に吞まれていく。

三笠泰臣氏が再びベランダに姿を見せたのは、二人がきてから一時間ほどあとだった。杖をつきながらベランダに出てきた三笠泰臣氏は、まるで何事もなかったかのように、二時間ほど前の姿勢に戻り、ぼんやりと遠くを眺めた。

「先ほどお伝えした通り、息子さんは亡くなりました」と圭司は静かに言い、頭を下げた。「お悔やみ申し上げます」

さっきとは違い、老人は表情を変えなかった。遠くを見たまま、口の中で何かを呟いた。

「何です？」と圭司が聞き返した。

「おりゃせんで」と遠くに視線を据えたまま、老人は言った。「息子なんか、おりゃせん」

「いないはずないでしょう？　三笠幸哉。あなたの息子だ」と祐太郎は言った。

「死んだですよ。ずうっと昔の話だ。ずうっと昔に死んだですよ」

　虚空に向けて告げるように、老人は呟いた。

　そのまま静かに老人は殻を作り、硬化していきそうに思えた。

たぶん、この人は認知機能に支障をきたしてなどいない、と祐太郎は思った。殻に閉じこもり、愚鈍を装うことで、内から生まれる痛みにも、外から襲う痛みにも、耐えてきたのだ。

　その殻にひびを入れたのは圭司だった。

「孫に会いたいか？」

　ぐふっと老人の口から息が漏れた。腹から溢(あふ)れた息はどんな感情に押し出されたものだったのか。老人は首を動かし、光のない目で圭司を見た。

「息子さんが亡くなり、ここへの支払いはあと二年と少しで滞ることになる。あんたの面倒を見る義理があるとしたら、もう孫ぐらいしかいないはずだ」

「おりゃせん。孫など、おりゃせん」

「そう言うなら、それでいい。ただ、あと二年で、あんたはここを追い出される羽目になる。いきなりだったらあんたも困るだろうし、こっちも寝覚めが悪い。確かに伝えたぞ」

圭司はハンドリムを押して、ガラス戸を開けた。

「行こう」

そう言った圭司には応じず、祐太郎は老人の前に立った。

「会ってみませんか？　お金どうこうは別の話としても、お孫さんに、会ってみませんか？」

「孫など、おりゃせん」

きっと目を向けてきたその顔に、想像で眼鏡をかけさせてみた。パッドはわし鼻に支えられて、きっと眼鏡が少し浮いたように見えるだろう。

「お孫さん、あなたによく似てます」と祐太郎は言った。

ぎりっと老人が奥歯をかみしめた。老人は手にしていた杖を振り上げ、振り下ろした。杖は祐太郎の上腕にびしりと打ちつけられた。また無言で振り上げられた杖が、無言で腕に打ち据えられる。もう一度、また一度。

ううう、という声は老人の唇から漏れていた。ううう、と震える息を吐き出しながら、老人は杖で祐太郎を打ち続けた。いつしか老人の目尻から涙が流れていた。

何度目かに振り下ろされた杖を、祐太郎は脇に挟んで押さえた。

「あんまり興奮すると、また」

祐太郎は杖をゆっくりと戻した。老人が再び杖を振り上げることはなかった。

「息子は死んだです。ずうっと前です。ずうっと昔です」

もう祐太郎を見もせずに、老人はそう言った。死んだ息子の名誉を守りたい。孫がいるなら、その生活に波風を立てたくない。どちらもあるのだろう。

「そうですか」と祐太郎は言った。

「行こう」

再び圭司に促され、祐太郎はベランダを出た。レクリエーションルームを出る間際に振り返ると、老人はそこに置かれた彫像のように、杖をつき、わずかに体重をそちらに傾けて、遠くを眺めていた。その姿を闇が呑み込み始めていた。


施設のフロントで、先ほどの事務員をつかまえ、三笠幸哉さんは亡くなっており、泰臣氏の利用料は二年と少し先に払い込まれなくなるおそれがあることを伝えた。

「そうなると、三笠さんはどうなるでしょう？」と圭司は聞いた。

「利用料が払い込まれないとなると、退去をお願いすることになるでしょうね。ああ、でも、身元保証人もいなくなっているってことですよね」

「身元保証人がいないとなると、どうなります？」

「本来なら別の保証人を立ててもらわなければ困るんですが、利用料が振り込まれている間は問題にはならないでしょう。その後は、そうですねえ、特養に引き取っていただければそれが一番いいでしょうけど、そうもいかないでしょうね。どこもいっぱいだし。生活保護受給者を受け入れているホームを探して、成年後見制度を使って身元保証人になってもらうしかないですかね。やや問題のあるやり方ですが」

　ひとしきり首をひねった事務員は、二人に笑いかけた。

「まあ、そのときの状況によって、どうとでもしますよ。制度より現実です。現実にそこに困っているお年寄りがいれば、みんなでどうにかします。老人介護の現場って、そういうものですから。だいたい二年以上先の話でしょう？　私らにしてみると、考えるだけ無駄なくらい遠い先のことです。まずは今日のこと。それで手一杯ですよ」

　そうですか、と頷いた圭司は、事務員に『坂上法律事務所』のカードを差し出した。

「何か不測の事態が起こったら、こちらに連絡してください。話が通るようにしておきます」

「あ、はあ」

　事務員に頭を下げて、二人は施設を出た。圭司の車椅子を後部座席の部分に固定すると、祐太郎は運転席に回り、ほとんど会話もないまま、事務所に戻った。

「この件、依頼人の息子に話す気か？」

いつものデスクの向こうに落ち着くと、圭司が祐太郎に聞いた。祐太郎はいつものソファに腰を下ろし、スマホを取り出した。『みんなのガクシャ』の電話番号はすでに登録されている。

「話して、どうなる？」

重ねて聞いた圭司を、祐太郎はきっとなって見返した。

「三笠泰臣さんは、広山先生の実のお父さんなんだ。それを知れば、広山先生の奥さんと息子さんは、きっと泰臣さんの身柄を引き受けてくれる。近くにアパート借りてあげるとか、一緒に暮らすとか。そうなれば、まだ使ってない五百万も塾のために使える」

子供のようなことを言っているのは自分でもわかっていた。厳しい言葉が返ってくるかと胸のうちで身構えたが、返ってきた圭司の声は穏やかだった。

「依頼人の息子さんは一人きりじゃない。同じ思いで塾を手伝ってくれている人が大勢いるんだ。そういう人たちの力を借りながら、塾は続けていくだろう」

ゆったりと諭すように、圭司は言った。

「奥さんだって、時間が経てば、きっと気持ちも落ち着く。二人が三笠幸哉の名前を知る必要はない。依頼人もそう望んだんだ」

　祐太郎は顔を伏せた。

「俺たちにできることはないのか？」

「何もしないこと。それだけだ」

　答えにもならないその答えが、正しい答えであることは、祐太郎にもわかっていた。

　三笠幸哉としての三十二年間は、ただ泰臣氏の中にだけ残る。再会したとき、三笠幸哉が泰臣氏にどう声をかけたのか。泰臣氏はそれにどう応じたのか。亡くなった母の思い出を泰臣氏と語り合い、ともに涙した夜もあったかもしれない。施設への入居は息子が勧めたのだろう。お金もかかると泰臣氏は遠慮したはずだ。それをどう説得したのか。入居手続きに二人で施設へ赴き、書面にサインしたとき、『身元保証人　三笠幸哉』、『続柄　長男』、そう書き入れた文字を見て、二人はどんな表情になったのか。ごくたまに訪れた面会では、どんな話題が、どんな言葉で、どんな表情で交わされていたのか。やがて訪れる泰臣氏の死とともに、それらの記憶はすべて失われるのだろう。

「なあ」

　祐太郎はスマホをしまって、声を上げた。

「ケイはどうしてこの仕事を始めたんだ？」

「何となくだ。特に理由はない」と圭司は応じて、聞き返した。「何でだ?」

「いや、別に」

「そう」

「ただささ、俺が会社を作るなら、たぶん、まったく逆のことをするだろうなと思って」

「逆のこと?」

「あなたの死後、この世界に残したいものを俺に預けてくれって。俺はそれが世界に残るよう、全力で守るからって」

「全力でか」と言って、圭司は軽く笑った。「お前らしいよ」

祐太郎は尻ポケットから財布を取り出した。そこに入っていた写真を取り出して、しばらく眺めた。そして目をつむる。いつもの光景が浮かんだ。

照りつける太陽。夏の庭先。ホースが放つ水。淡い虹。帽子をかぶった少女。振り返り、ふわりと笑う。肩越しに、揺れるひまわり。

「ケイ、頼みがあるんだ」

目を開けて、祐太郎は言った。

「頼み?」

祐太郎はソファから腰を上げて、デスクの前に立った。

「俺が死んだら、この写真、もらってくれ」

　圭司は一瞬、ためらったが、写真を手にして、見つめた。

「誰？」

「妹。十三歳で死んだ、俺の妹だ」

「十三歳か」と圭司は呟いた。「どうして？」

「病気。小さいころから、とても難しい病気にかかっていたんだ」

「そう」

「妹が死んで、一年くらいで、両親が離婚した。今はそれぞれ、別の家庭を作って、幸せそうにしている」

「ひどい親だな」

　祐太郎は驚いて圭司を見た。それが自分に対する思いやりなのだと気づくのに、少し時間が必要だった。祐太郎は笑って首を横に振った。

「つらかったんだよ。たかが兄貴の俺だって、あんなにつらかったんだ。二人はきっと頭と手足を体から引きちぎられるくらいつらい思いをしたんだと思う。だから、妹がいた場所から少し離れることで二人が幸せになれるなら、それでいいんだ。二人の思いもまとめて、俺が覚えておく」

「そう」

圭司は頷いて、写真を祐太郎に返した。祐太郎はまたその写真を見つめてから、目を閉じた。

太陽のまぶしさ。庭の芝生の匂い。まかれる水のきらめき。揺れる虹の縁取り。帽子の色。妹の頬のつややかさ。ひまわりが放つ生命力。

すべてが以前よりあせていた。

「俺が死んだらさ」と目を開けて、祐太郎は言った。「ケイは真っ先に駆けつけてくれ。この写真、俺は必ず持っているから。見つけて、俺に代わって持っていてくれ。それだけでいいから。捨てたりしないでくれ。間違っても、俺と一緒に燃やしたりしないでくれ」

祐太郎は写真の中の妹の頬に指を当てた。

「どんどん消えていくんだ。残しておきたいのに、毎日、毎日、俺の中から妹が少しずつ消えていく」

「年を考えれば、お前より先に俺が死ぬ。もっと若いやつに頼めよ」と圭司が言った。

「こんなこと、頼める友達がいないんだ」

「お前、本当に見かけ倒しだよな」

そう言ったきり、圭司は黙り込んだ。パソコンのキーボードに手をやり、けれど結局何の操作もせずに手を引っ込めると、ハンドリムを回して、祐太郎に背を向けた。

「覚えておくよ」

やがて圭司がぽつりと言った。

「ああ、頼む」と祐太郎は言った。

「そうじゃなくて」と圭司は言った。「俺がお前を覚えておくよ」

「え？」

「お前が死んでも、俺はお前を覚えている。お前と今日、こんな風に話したことも、覚えておく。お前の妹の話もな」

「うん」

祐太郎は頷き、写真を財布の中にしまった。

デスクの上でモグラが静かに眠っていた。祐太郎は、そこにつながっているいくつものデータに思いを馳せた。消されることを待っているいくつものデータ。それはそれぞれの人の一部でもあるはずだった。ならばそれらは、いつか消える運命であるべきなのか。いつまでも残せる技術を手にしてしまったからこそ、人は思い悩むのか。

祐太郎は深く息を吐いて、また目を閉じた。

思いがけない鮮やかさで、妹がふわりと笑った。

本書は、二〇一七年六月に小社より刊行された
単行本を加筆修正の上、文庫化したものです。

dele（ディーリー）

本多孝好（ほんだたかよし）

平成30年 5月25日　初版発行

発行者●郡司 聡

発行●株式会社KADOKAWA
〒102-8177　東京都千代田区富士見2-13-3
電話 0570-002-301（ナビダイヤル）

角川文庫 20923

印刷所●旭印刷株式会社　製本所●株式会社ビルディング・ブックセンター

表紙画●和田三造

ISBN978-4-04-106805-2　C0193

角川文庫発刊に際して

角川源義

第二次世界大戦の敗北は、軍事力の敗北であった以上に、私たちの若い文化力の敗退であった。私たちの文化が戦争に対して如何に無力であり、単なるあだ花に過ぎなかったかを、私たちは身を以て体験し痛感した。西洋近代文化の摂取にとって、明治以後八十年の歳月は決して短かすぎたとは言えない。にもかかわらず、近代文化の伝統を確立し、自由な批判と柔軟な良識に富む文化層として自らを形成することに私たちは失敗して来た。そしてこれは、各層への文化の普及滲透を任務とする出版人の責任でもあった。

一九四五年以来、私たちは再び振出しに戻り、第一歩から踏み出すことを余儀なくされた。これは大きな不幸ではあるが、反面、これまでの混沌・未熟・歪曲の中にあった我が国の文化に秩序と確たる基礎を齎らすためには絶好の機会でもある。角川書店は、このような祖国の文化的危機にあたり、微力をも顧みず再建の礎石たるべき抱負と決意とをもって出発したが、ここに創立以来の念願を果すべく角川文庫を発刊する。これまで刊行されたあらゆる全集叢書文庫類の長所と短所とを検討し、古今東西の不朽の典籍を、良心的編集のもとに、廉価に、そして書架にふさわしい美本として、多くのひとびとに提供しようとする。しかし私たちは徒らに百科全書的な知識のジレッタントを作ることを目的とせず、あくまで祖国の文化に秩序と再建への道を示し、この文庫を角川書店の栄ある事業として、今後永久に継続発展せしめ、学芸と教養との殿堂として大成せんことを期したい。多くの読書子の愛情ある忠言と支持とによって、この希望と抱負とを完遂せしめられんことを願う。

一九四九年五月三日

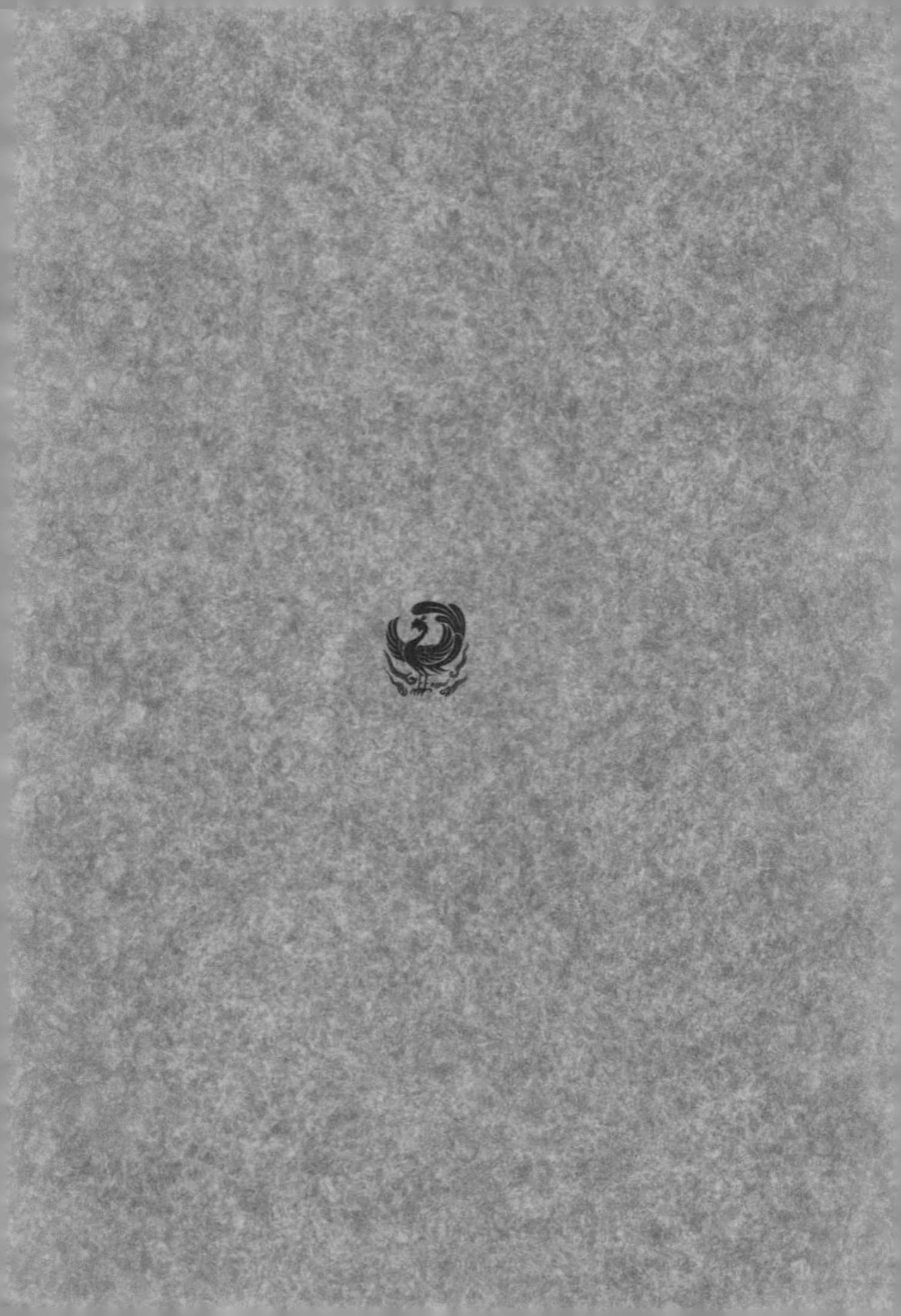